Oktober 2044

Per Håkan Mattsson

Oktober 2044

Med hopp om en bättre morgondag

Andra upplagan

Omslag och inlaga: Per Håkan Mattsson

Förlag: BoD – Books on Demand, Stockholm, Sverige

Tryck: BoD – Books on Demand, Norderstedt, Tyskland

ISBN: 978-91- 8057- 571-3

1

Måndag 24 oktober, 2044

– Aj … mitt huvud … det känns som om det håller på att sprängas. Vad är det som har hänt? Var är jag? Aj … nej … rör inte mitt huvud … nej … låt bli!

– Tyvärr, jag måste, jag försöker stoppa en blödning från din panna men jag ser ju inget i detta totala mörker. Jag får känna mig fram med mina händer. Ligg still!

– Vem är du? Vad är det som har hänt? Aj!

– Jag ska svara på alla dina frågor … men senare. Just nu får det vänta. Jag måste fokusera på det jag gör. Ligg still och försök ta det lugnt. Jag känner att det sipprar fram blod alldeles ovanför ditt högra öga, men jag tror inte att du blöder från fler ställen, inte som jag upptäckt med mina händer i alla fall.

– Ovanför mitt högra öga? Jag har ju *inga* ögon. Vet du inte det? Mina ögon blev ju bortskjutna för många år sedan.

– Jodå, jag vet, för cirka 20 år sedan. Men nu måste jag faktiskt koncentrera mig på såret ovanför ditt högra …

– Du kan säga ”*ovanför högra ögonhålan*”. Ögonhålor, helt tomma ögonhålor, det är ju det jag har. Där finns inga ögon, de är borta.

– Nu tror jag att jag har koll på såret. Det verkar inte vara så stort men det blöder ändå en hel del.

– Aj, aj, aj, … kan du inte berätta vad som hänt och vem du är?

– Du har varit avsvimmad i cirka 15-20 minuter och du har förmodligen fått en rejäl hjärnskakning. Jag gissar att ditt huvud slog i någonting inne i hissen när den bromsades in. Det var en väldigt kraftig inbromsning och du hade inget bälte på dig.

– Va … vadå för hiss … och bälten i en hiss? Jag fattar ingenting! Vad hände? Vem är du? Var är vi? Aj … mitt huvud bultar och värker så förbaskat.

– Lugna dig, jag kommer att berätta. Hjärnskakningen verkar ha gett dig en minneslucka. Jag kommer snart att berätta vad som hänt … så långt jag själv vet … men just nu gäller det att försöka få stopp på blödningen. Jag tänker sätta ett bandage runt ditt huvud. Jag har rivit remsor av min skjorta.

– Är du inte klar snart?

– Sådär, nu tror jag att jag fick till en knut som förhoppningsvis gör att bandaget sitter fast. Du får inte riva loss det. Försök slappna av. Jag ska snart berätta vad som hänt och vem jag är … men vila en liten stund först.

– Okej … jag ska försöka … vila … en stund. Usch, jag känner mig lite illamående … och trött. Åhhh …

2

– Hmmmm ….

    – Rashid, är du vaken? Hur mår du? Jag tror att du sovit i ett par timmar.

– Jaså, du vet mitt namn. Har vi träffats förut?

    – Nej, i morse var första gången, men jag har fått en hel del berättat om dig. Jag har också läst lite av det som skrivits om dig på olika ställen. Känns det bättre i huvudet? Du hade väldigt ont förut.

– Mmmmm …. jag tror det … jag har fortfarande lite ont men den där bultande värken är borta.

    – Bra! Jag tror att det har slutat blöda, men bandaget måste nog få sitta kvar ett tag. Försök att inte röra det.

– Jag har blodsmak i munnen.

    – Inte så konstigt. Det kan ha runnit ner en massa blod från pannan. Du kan också i fallet ha råkat bita dig i tungan eller i kindens insida. Det gjorde jag en gång som barn när jag cyklade omkull.

– Du sa att någon berättat för dig om vem jag är, men jag vet ju inget om dig … det känns inte rättvist. Vem har berättat för dig om mig och vad har man berättat?

    – Min kusin har berättat en hel del.

– Din kusin? Hur kan han veta något om mig?

– Min kusin är inte en *"han"*. Hon heter Sara och jobbar som vakt här på anstalten.

– Sara! Hon är bra. Hon är snäll och verkar förstå min situation bättre än de andra som jobbar här.

– Vad skönt att du pratar med mig nu. Jag har ju läst i några dokument att det inte alls gått att kommunicera med dig sedan du blev skjuten i huvudet. Man skrev på ett ställe att hjärnskadan gjort att du drabbats av en form av mycket svår afasi och när någon sedan dess försökt säga något till dig så har du bara hållit för öronen och skrikit. Du verkar ha varit borta från alla former av mänsklig kommunikation under dina dryga 20 år här på anstalten, fram till nyligen …

– Har Sara skvallrat?

– Skvallrat om vadå?

– Äh, det var inget. Är det fortfarande totalt mörker där vi nu har hamnat?

– Ja, vi befinner oss i ett bergrum långt under jord och här verkar det inte finnas något fungerande lyse. Jag har trevat med händerna längs väggarna och hittat ett par strömbrytare men ingen av dessa har fungerat. Jag har inte heller hittat någon fjärrkontroll eller något annat som eventuellt skulle kunna hantera lyset. Jag har även testat några vanliga röstkommandon. Inget har fungerat.

– Har du ingen mobiltelefon eller smartphone med ficklampa?

– Mobiltelefon eller smartphone? Det var länge sedan jag hörde de orden. Nu för tiden säger alla *Communicator* eller *ComU*. Jovisst, jag har en ComU med bland annat lampfunktion men den är helt död. Inget på min ComU fungerar och det har aldrig hänt förut. Skärmarna är helt döda. Den reagerar inte på mina röstkommandon, inte på mina gester eller var jag än trycker. Ingenting fungerar, inte ljusfunktionen och inget annat heller.

– Är batteriet slut i den?

– Det är nog värre än så. Den har ju en inbyggd nödladdare. Det finns ett litet scrollhjul i ena hörnet och med det ska man också kunna nödladda telefonen genom att rulla hjulet fram och tillbaks mot ett plant underlag. Jag har försökt jättelänge mot golvet under tiden du sov men det funkar inte. Jag tror att den skadats på något sätt. Den är helt paj!

– ComU? Varför dog inte de gamla namnen?

– En ComU har ju en funktionalitet som ligger ljusår ifrån vad de gamla apparaterna klarade av. Det behövdes ett nytt namn.

– En massa nya funktioner? Det där måste du berätta mer om. Det låter verkligen mycket intressant.

– Gärna, men det kan ta lite tid. Vi får ta det senare.

– Du, jag behöver gå på toaletten. Finns det någon?

– Jodå, det är alldeles här i närheten, jag ska leda dig dit. Den har en sådan där riktigt gammaldags toalettstol med en knopp man lyfter på för att spola med vatten. Spolningen funkar, jag har provat. Men det finns ingen duschfunktion och ingen varmluft. Det är tydligen meningen att man ska torka sig med papper som man gjorde förr i tiden. Det hänger en rulle på väggen bredvid toalettstolen. Jag har också hittat några förpackningar med extra rullar under handfatet som förresten också är av en gammal typ. För att få vatten ur kranen så lyfter man på en spak men det verkar bara komma kallt vatten hur jag än rör spaken. Den har ingen röststyrning, åtminstone inte någon som lyssnar på vad *jag* säger, men jag är i alla fall glad att det kommer vatten ur kranen. Jag lät det rinna ett bra tag när jag testade och jag har till och med smakat lite försiktigt ur min skålade hand. Det smakade ganska okej. Därinne står det också några plasttunnor staplade i ett hörn.

– Okej.

– Res dig nu, jag hjälper dig, jag leder dig fram till toaletten.

– Som blind är jag van att ta mig fram i totalt mörker så det kanske är jag som ska leda dig, om du bara visar mig i vilken riktning jag ska gå.

– Den här gången tror jag att det är bäst att det är jag som leder dig. Nu går vi.

– Tack, men oj vad du darrar. Hur är det fatt? Mår du inte riktigt bra?

– Nu är vi nära toaletten, det är bara ett par meter kvar. Här är dörren. Du kanske klarar dig själv därinne. Hur är det med illamåendet, behöver du kräkas?

– Nej då, och nu klarar jag mig helt själv. Det är helt normala behov som jag behöver hantera … *number one* och *number two*. Vi ses snart.

3

– Du Rashid, gick det bra att använda toaletten?

– Jodå … och jag snålade med toalettpappret.

– Vadå … tror du att vi behöver stanna länge här nere? Är det därför du snålat med pappret?

– Jag vet inte. Vad tror du? Blir vi länge här nere?

– Det finns nog en risk att vi är fast här för ganska så lång tid. Tänk om vi aldrig kommer ut härifrån.

– Då är nog toapappret inte vårt främsta problem. Kan du inte berätta nu vad som egentligen har hänt? Varför är vi här nere och vem är du? Varför tror du att det finns en risk för att vi kanske tvingas vara kvar här under lång tid?

– Jag ska berätta, men först tycker jag att vi sätter oss ner i rummet här bredvid. Där finns det ett bord med några stolar. Jag leder dig dit.

– Tack, men det är väldigt vad du skakar. Du darrar ju i hela kroppen. Är du sjuk? Fryser du?

– Nej, jag tror att det är chocken över vad som precis har hänt oss som gjort mig så darrig. Jag är skräckslagen och orolig för oss och för alla där uppe … och för världen. Undrar hur det gick för Sara? Lever hon? Kommer hon också snart hit ner?

– Du är rejält orolig.

– Ja, kommer vi ut levande härifrån? Just nu är allt ett enda stort frågetecken, ett stort skrämmande frågetecken, men *du* Rashid verkar så lugn. Är inte *du* skärrad? Din röst låter så lugn.

– Mitt liv har varit så fullt av elände, hemska händelser och farliga situationer att jag nog blivit härdad. Dessutom är ju mörker och att vara inlåst något som blivit helt normalt för mig. Det var länge sedan som jag slutade att oroa mig för en massa saker. Det blir som det blir och jag har ju inte haft någon möjlighet att påverka vad som ska hända.

– Sådär, nu är vi framme vid bordet. Sätt dig ner på den här stolen. Jag tror att vi nu är i någon typ av kombinerat mötesrum och fikarum. Det finns ett litet pentry i ena änden av rummet, till vänster när man kommer in. Jag har redan rekognoserat lite så jag kan berätta mycket mer om vad som finns i de olika rummen här nere.

– Men kom igen nu och berätta vad som har hänt oss och vem du är! Vad som finns här nere är intressant men det kan vi väl ta senare? Berätta nu!

– Okej, såhär är det. Jag heter Fredrik Andersson och är undersökande journalist på en byrå som heter *Sju spadar*. Det är en journalistbyrå som fungerar ungefär som en nyhetsredaktion.

– *Sju spadar* … det var ett märkligt namn.

– Vi var sju journalister som tillsammans startade byrån för några år sedan. Vi jobbar oftast på uppdrag från någon extern beställare, men ibland tar vi dock egna initiativ. Vi har ambitionen att alltid försöka gräva fram sanningen i alla uppdrag som vi jobbar med, eller åtminstone försöka att komma så nära sanningen som möjligt.

– Aha, det förklarar namnet, men fortsätt nu och berätta vad som har hänt och varför du och jag har hamnat här nere. Du går som katten kring het gröt. Finns det någon anledning till varför du inte berättar?

– Nej då. Jag bor i Eskilstuna men jag kommer ursprungligen från en liten jämtländsk by som inte ligger så långt härifrån, bara några få mil. Min kusin Sara har berättat att den här anstalten snart ska läggas ner och att alla interner ska flyttas över till andra anläggningar runt om i Sverige och i vissa fall även till andra länder. I ditt fall så är en utvisning till Iran eller till USA aktuell och Sara har en känsla av att det nog inte vore rätt med en sådan utvisning. Hon har börjat tvivla på att du är skyldig till allt som du anklagats för. Hon berättade lite om dig på en släktträff som vi hade i Östersund i somras och jag blev intresserad av det hon berättade. Nu vill hon att jag som undersökande journalist ska försöka kolla upp ditt fall för att se om allt egentligen gått rätt till, rent juridiskt.

– Oj, det här är nytt för mig. Herregud! Jag visste inte att anstalten ska läggas ner och att jag riskerar utvisning, det är ju detsamma som ett dödsstraff för mig. Jag är ju dömd i Iran för ett mord som jag är oskyldig till. Jag blir säkert avrättad direkt om den utvisningen blir av.

– Nej då, du blir inte avrättad om du skickas till Iran eftersom man där avskaffade dödsstraffet för flera år sedan. Inte ett enda land i världen har kvar den typen av straff. För några år sedan satte FN press på alla länder som hade kvar straffet och lyckades snabbt med att få dessa att ändra sig. Det tog bara ett par år så hade alla länder tvingats gå med på det.

– Är det verkligen sant? Har FN fått en sådan makt? Jag är verkligen förvånad. Att jag under alla år fejkat att jag är svårt sjuk och inte kontaktbar är ju till stor del för att jag absolut inte ville skickas till Iran. Det var en överlevnads-fråga för mig. Fast jag har ju också haft andra skäl för att fly in i min egen fantasivärld och stänga ute allt och alla runt omkring mig.

– Det är mycket som har förändrats i världen under åren då du valde att vara isolerad från verkligheten. FN är idag totalt annorlunda än det FN vi hade för tjugo år sedan. Organisationen har spelat en enormt viktig roll för att göra världen säkrare och försöka rädda mänskligheten från den katastrof som vi snabbt var på väg mot. Fokus har varit helt inriktat på att undvika krig samt att lägga allt "krut" (om man kan säga så) på att hantera de dramatiska klimatförändringarna.

– FN? Det som var en så tandlös organisation. Hur i hela friden har FN kunnat förändrats på ett så drastiskt sätt?

– Det kan ta lite tid att förklara, men främsta orsaken till att organisationen nu fått en så stark och viktig roll tror jag är de fruktansvärda klimatkatastrofer som världen drabbats av under de senaste decennierna och den växande insikten om att världen måste gå samman och gemensamt använda alla tillgängliga resurser för att försöka få ordning på klimatet. Dessutom hade vi nog inte kunnat få den insikten utan den dramatiska utvecklingen inom AI-området.

– AI? Artificiell intelligens? Hur har det påverkat?

– Så som människan, homo sapiens, genetiskt utvecklats av evolutionen under några hundratusen år här på jorden så har vi ingen bra förmåga att tänka stort, tänka globalt och tänka i extremt långa tidsperspektiv. Jägar- och samlarmänniskorna behövde inte tänka i dessa banor. Vi är helt enkelt dåliga på att ha ett helhetstänkande och agera på ett sätt som är hållbart för många generationer framåt. De AI-baserade beslutsstödsystem och framtidssimulatorer som världens stater och politiskt styrande organisationer nu har tillgång till, har fått oss att på ett övertygande sätt inse att vi snabbt var på väg mot undergången. Alla oberoende AI-system som hanterar framtidsfrågor har kommit fram till samma slutsats.

– Oj då! Intressant!

– Ja! Mänsklighetens enda chans att framgångsrikt hantera klimatfrågan är att vi slutar slösa mänskliga och ekonomiska resurser på krig och andra väpnade konflikter och istället använder alla krafter och alla resurser till att bromsa klimatförändringarna.

– Du sa att världen drabbats av fruktansvärda klimatkatastrofer.

– Ja, tiotals, kanske hundratals miljoner människor har dött i klimatrelaterade katastrofer runt om i världen under de senaste årtiondena. Det är fruktansvärt, men det kanske också har varit den väckarklocka som mänskligheten behövde?

– Oj oj, det är tydligen en helt annan värld nu.

– Ja, och det kommer att ta tid att försöka uppdatera dig om hur världen nu ser ut. Hoppas vi kommer att få den tiden?

– Det hoppas jag med, men vi får väl försöka ta en sak i taget. Just nu är jag överväldigad av allt du hittills berättat.

– Rashid, du sa att du är oskyldig till det du anklagats för. Tror du att det på något sätt skulle kunna gå att bevisa eller troliggöra din oskuld?

– Kanske, men det kan vi väl också prata om senare. Då vill jag också att du berättar varför även en utvisning till USA skulle kunna vara aktuell. Jag förstår verkligen inte varför USA skulle vilja ha mig, jag fattar ingenting, men just nu vill jag framför allt veta varför vi är här nere. Vad hände?

– OK, jag ska berätta. Jag kom hit i morse via nattåget från Eskilstuna till Östersund. Jag hade bokat en hotainer ända fram hit till anstalten och Sara skulle bjuda mig på frukost i cafeterian innan jag skulle få möta dig.

– Hotainer? Vad är det?

– Vet du inte det? Det märks att du varit borta från verkligheten i flera år. En hotainer är som en kombination av ett hotellrum och en container. Hotainers finns i olika storlekar och varianter men har normalt en säng, en toalett, en dusch och ett litet köksrack med kyl, frys och mikro. Den stora fördelen är att man kan gå och lägga sig på en plats och sedan mjukt och tyst förflyttas till en annan plats, vanligtvis under natten. Förflyttningen kan ske med olika transportsätt som t.ex. tåg, bil eller drönare och även inkludera byten av transportsätt. Jag gick och la mig i Eskilstuna i går kväll och i morse vaknade jag utvilad här vid Gråbergs-anstalten. Under denna resa gjordes två om-lastningar. Den första skedde i Stockholm från ett tåg till ett annat och den andra skedde i Östersund från tåg till vägtransport. Jag märkte inte alls av dessa byten. Jag sov gott under hela resan, så mjukt skedde transporten. Man använder bland annat aktiv buller- och vibrationsdämpning samt smarta G-kraftkompensatorer. Normalt märker man inte att hotainern har förflyttats.

– Så smart och bekvämt.

– Ja, man går alltså och lägger sig på en plats och vaknar på en annan utan att egentligen märka att man har flyttats. Det här har blivit ett otroligt populärt sätt att resa på. Du kan också välja hur lång tid som du vill ha tillgång till hotainern, du kan t.ex. boka den för en hel natt fast själva förflyttningen egentligen bara behöver några enstaka timmar.

– Så smart och bekvämt, men nu vill jag verkligen veta vad som har hänt oss. Det är faktiskt väldigt irriterande att du ägnar så mycket tid åt att i detalj berätta en massa annat, även om det är intressant. Varför är vi här nere och varför är vi kanske också fast här för mycket lång tid?

– Men du frågade ju vad en hotainer är för något.

– Kom igen nu!

– Okej, såhär var det. Jag stod och väntade i receptionen utanför cafeterian efter att jag tagit en kort promenad i närheten av anstalten i väntan på att klockan skulle bli nio. Sara kommer in genom ytterdörren tillsammans med dig. Ni ser båda väldigt frusna ut i era tjocka ytterkläder och du har på dig stora mörka solglasögon trots att det är en gråmulen oktobermorgon.

– Glasögonen vet du säkert varför man har tvingat mig att bära. De är ju bara till för att omgivningen ska slippa se hur hemskt mitt ansikte ser ut.

– När vi hälsat på varandra berättar Sara att ni tagit en rastpromenad och att hon precis sagt till dig att du ska få träffa mig.

– Jag har inget minne av att du och jag har träffats.

– Trots att det skedde för bara några timmar sedan?

– Nej, jag har ett vagt minne av promenaden med Sara men inte att du och jag möttes.

– Plötsligt ser jag genom fönstren att allt där ute lyses upp av ett enormt starkt och bländande ljussken. Sara, som normalt aldrig brukar använda svordomar, skriker med hög röst "*helvete, vad är det som händer*" och hon greppar tag i kanten på en väggfast informationstavla alldeles bredvid där vi står. Hon skjuter den stora tavlan åt sidan och bakom den visar det sig finnas en hissdörr som öppnas och inne i den ganska trånga hissen finns det åtta väggfasta och bältesförsedda säten, fyra på varje sida. Sara knuffar in dig och mig i hissen och skriker åt oss att sätta oss ner och ta på oss bältena. Jag hjälper dig ner i ett säte och sätter mig på sätet mitt emot och hakar fast mitt bälte. Det är lite bökigt eftersom vi fortfarande har ytterkläder på oss. Jag försöker sträcka mig fram i den trånga hissen för att också spänna fast ditt bälte. Sara ropar "*jäklar, fot-bojan, jag kommer snart, jag ska bara hämta …*" men mitt i den meningen slocknar plötsligt ljuset, hissdörren far igen och det känns som att hissen åker snabbt neråt på ett sätt som jag upplever som ett fritt fall.

– Fritt fall rakt neråt? Hur länge pågick det fallet? Åkte vi långt ner?

– Efter några sekunder så bromsas hissen upp och jag tror att du då faller framåt och att ditt huvud på något sätt slår i kanten på mitt säte.

– Oj, oj, oj …

– Jag upptäcker med mina fötter att du ligger på golvet framför mig och jag hör hur du kvider en stund innan du blir helt tyst. Jag hade tyvärr inte lyckats med att spänna fast dig.

– Jag kommer inte ihåg någonting av det du nu berättar.

– Efter ytterligare någon sekund hörs ett metalliskt gnisslande ljud och hissdörren öppnas. Det råder ett totalt mörker och jag ser absolut ingenting. Jag knäpper loss mitt bälte och drar din livlösa kropp ut ur hissen. Efter ett par meter stöter jag emot en ståldörr. Jag lyckas efter lite trixande i mörkret öppna dörren genom att fälla upp två halvmeterlånga handtag och sedan med viss möda dra den tunga dörren emot mig. Jag släpar dig vidare genom öppningen in i nästa utrymme och stänger sedan den bastanta dörren efter oss och trycker ner de långa handtag som finns på dörrens andra sida. Där du nu ligger på golvet så märker jag till min lättnad att du andas men jag känner med min hand att du blöder ganska så kraftigt från pannan. Jag tar av mig min jacka, min tröja och min skjorta som jag river i remsor. Remsorna knyter jag ihop till ett slags bandageband som jag med viss möda i mörkret lindar runt ditt huvud för att försöka stoppa blodflödet.

– Tack för att du hjälpte mig, men som sagt, jag kommer inte ihåg någonting av allt det där. Det är så konstigt.

– Det är säkert en hjärnskakning som gett dig en minnesförlust kring det som hände.

– Det där bländande ljuset, vad tror du orsaken var?

– Jag vet inte. Kanske en kärnexplosion, kanske en ljusstark brinnande meteor som hade kommit in i atmosfären, kanske en kraschande satellit eller kanske något annat.

– Som vad då?

– Kanske elektriskt överslag i närheten, i någon kraftledning eller i en transformatorstation. Kanske någon ny typ av laservapen. Jag vet inte, jag bara gissar nu.

– Om det var en kärnvapenexplosion, borde man då inte också ha märkt av en enorm tryckvåg?

– Jo, men ljuset rör sig ju mycket snabbare än tryckvågen och vi kanske hann åka ner i berget innan tryckvågen kom. Explosionen kan ju ha skett några mil bort.

– Hördes det inget ljud i samband med ljusskenet?

– Inget som jag tänkte på, men allt skedde ju så snabbt och plötsligt.

– Usch, vad läskigt. Jag undrar hur det gick för Sara.

– Ja, och för alla andra där uppe.

4

– Du Fredrik, du har ju tydligen redan hunnit undersöka det här stället under tiden som jag var helt utslagen. Jag vill också få en bild av hur det är här nere. Kan vi inte nu tillsammans gå igenom utrymmena så att jag också får bekanta mig lite med vad som finns här?

– Självklart. Vi kan starta vid ståldörren där vi hamnade efter att jag dragit dig ur hissen. Kom så går vi dit. Här, tag min hand.

– Du verkar inte vara lika skakig som du var tidigare. Har du börjat vänja dig vid den situation vi hamnat i?

– Kanske att ditt lugn har smittat av sig på mig. Nu står vi vid ståldörren. Det var här jag drog in dig efter den där dramatiska hissfärden när du både slog dig blodig och förlorade medvetandet.

– Tror du att vi kommer att kunna ta oss ut samma väg?

– Jag vet inte, men jag vill inte försöka än på ett tag. Nu kan det ju vara ganska så farligt där uppe.

– På vilket sätt?

– Kanske farlig strålning, kanske personer som vill oss illa, kanske giftig miljö på något sätt. Jag vet inte. Det är också möjligt att det är helt ofarligt där uppe, där ute, men jag vill ta det säkra före det osäkra.

– Det låter förnuftigt.

– Man undrar ju vad det egentligen var som satte igång evakueringshissen.

– Evakueringshissen? Evakueringshiss, vad är det för något?

– Sara berättade för mig i somras om den här hissen. Den byggdes ursprungligen för att man snabbt vid behov skulle kunna ta sig ner till det skyddande bergrummet. Då var det här en militär anläggning. När Gråbergsfortet, som det då kallades för, byggdes om till fängelse och fick namnet Gråbergsanstalten så renoverade man hissen. Man insåg att det kanske skulle behövas ett sätt för fängelsepersonalen att vid en hotfull situation snabbt kunna ta sig i säkerhet och då skulle evakueringshissen åter kunna få en viktig funktion.

– För hur länge sedan blev det ett fängelse?

– För cirka 20 år sedan. Du var en av de första fångarna som hamnade här.

– Var jag?

– Om vi nu ställer oss här med våra ryggar mot dörren så har vi framför oss en cirka 10 meter lång korridor. I andra änden av korridoren finns det även där en typisk skyddsrumsdörr, men den har två stora runda rattar i stället för långa handtag.

– Varför då?

– Ingen aning. Längs korridoren så finns det på vardera sidan några dörrförsedda rum men dessa dörrar är mer som vanliga innerdörrar, inte kraftiga skyddsrumsdörrar. Låt oss börja med att kolla vad som finns på korridorens vänstra sida. Här allra först intill väggen har jag hittat en vev som sitter monterad i midjehöjd vid ett vertikalt plåtrör. Jag tror att veven kan användas för att vid behov manuellt pumpa in friskluft. Känn här på röret!

– Fredrik, tycker du att vi ska börja veva? Vill du att jag ska sätta igång?

– Nej, det tror jag inte behövs. Luften känns ju ganska så bra här nere eller vad tycker du?

– Den känns helt okej.

– Om vi nu fortsätter längs den vänstra sidan så har vi här en dörr som går till ett rum där det finns ett antal hyllor täckta med vaxduk eller något liknande plastmaterial, men hyllorna är tomma. Här, kom med in …

– Du verkar ha rätt, jag kan inte heller upptäcka något på hyllorna med mina händer, men vad är det för lukt här inne?

– Jag tycker det luktar lite som det gjorde i min mormors skafferi.

– Det stämmer nog. Jag har ju aldrig varit i din mormors skafferi men jag känner en svag lukt av mat. Det här rummet har kanske varit ett matförråd. Nu blev jag nästan lite hungrig. Har du hittat mat någonstans här nere?

– Tyvärr inte.

– Aj då, då ligger vi kanske illa till. Vad är det här för stor metallbehållare som finns längst in i rummet? Är det en vattentank?

– Jag tror det, men om man knackar på behållaren så låter det som att den är helt tom. Längst ner finns det en kran och när jag tidigare testade att vrida på den så kom det inte ut något. Apropå vatten och mat, låt oss gå in i nästa rum.

– Okej.

– Här har vi ett lite större rum som du redan har varit i. Det var här vi satte oss ner vid ett bord och pratade för en stund sedan då jag försökte förklara varför vi har hamnat här nere. Det är nog ett fikarum, matrum, mötesrum eller liknande, kanske kombinerat. Runt bordet finns det åtta stolar.

– Då är det ju gott om plats för oss två.

– Kom! Här borta har vi ett litet pentry. Känn, här är det en kokplatta, en mikro och en liten diskbänk med en ho som har en vattenkran av samma typ som den på toaletten. Jag har testat kranen och även här kommer det bara kallvatten.

– Har du smakat på vattnet?

– Jodå. Vattnet luktade ganska okej efter att jag spolat ett tag. Jag har också smakat lite och det smakade inte alls illa, det är ju säkert samma vatten som från kranen på toaletten. Det var kallt och kändes nästan lite friskt. Jag tror att vattnet är okej, min mage har i alla fall inte protesterat än, men är det något fel på vattnet så tar det förmodligen en stund innan det märks.

– Då finns det i alla fall lite hopp. Vi slipper dö av törst.

– En liten tröst i eländet.

– Har du testat om kokplattan och mikron fungerar?

– Båda är helt döda, säkert eftersom vi inte verkar ha någon el.

– Oj, då får vi bara äta kall mat … om vi hade haft någon.

– Var det där menat som ett skämt?

– Humor kan göra att man orkar stå ut med det mesta. Jag läste en gång en jätteintressant bok, jag tror den hade titeln *Skratta eller gråta*, där man beskriver hur många av judarna i koncentrationslägren under andra världskriget skämtade mycket och grovt om sin hopplösa situation. Man skämtade trots att man var fullt medvetna om vad som förmodligen snart väntade. Det var ett sätt att åtminstone få ha kontroll över något och det kanske också fungerade som en tyst protest mot förtryckarna, de skulle inte få kontrollera allt.

– Jag tror jag förstår. Fortsätt att skämta du om du tror att det hjälper oss.

– Kanske jag gör det. Vi får väl se … sa den blinde.

– Här har vi ett kylskåp, men det är tomt och natur-
ligtvis också helt dött. I köksskåpen ovanför disk-
bänken är det också nästan helt tomt. Det enda jag
hittat är fyra muggar och fyra djuptallrikar. Ingen
mat!

– Ja men då kan vi i alla fall äta två måltider utan att behöva
diska … om vi hade haft någon mat. Har du hittat någon
annan köksutrustning?

– I en kökslåda under bänken där kokplattan står
har jag hittat fyra gafflar, fyra knivar och fyra skedar
samt en konservöppnare och en korkskruv.

– Korkskruven kan vara bra att ha när vi ska fira något.

– Mmmm …

– Inga stekpannor eller kastruller?

– Nej, underskåpen var helt tomma.

– Vi får tydligen förlita oss på hämtmat. Vad säger du
Fredrik, ska vi beställa ner ett par pizzor?

– Rashid, är du mycket hungrig? Du verkar ju vara
helt matfixerad.

– Tycker du? Låt oss försöka att inte tänka på mat nu. Det
gör bara saken värre.

– Men det var ju *du* som precis började prata om
pizzor.

– Förlåt.

– Här på långväggen hänger en stor skrivtavla och på hyllan eller listen under tavlan ligger det två pennor som luktar sprit när man tar av hattarna.

– Vad har dessa två pennor för färger?

– Men hallå, tror du att jag ljugit när jag sagt att det är ett totalt mörker här nere?

– Om pennorna fungerar då kan vi ju skriva våra avskedsbrev på tavlan.

– Rashid, du är så positiv.

– Jag har bara ett problem.

– Vadå för problem?

– Jag har *ingen* att skriva avskedsbrev till. Marie är död, mina föräldrar är döda och min lillasyster Samira vet jag inte ens om hon lever.

– Vad hände din lillasyster?

– Hon blev bortrövad när hon var fem år gammal.

– Så hemskt, hur gick det till?

– Kan vi ta det senare? Jag orkar inte prata om det nu.

– Absolut. Jag förstår.

– Du då? Har du familj? Hustru, sambo, några barn?

– Nej, tyvärr.

– Föräldrar?

– Båda mina föräldrar dog för bara några år sedan. De drunknade i New York.

– Beklagar, men hur kan man drunkna i New York? Hur gick det till?

    – Skyddsvallarna och murarna man hade byggt för att förhindra översvämningar var inte tillräckligt höga och inte tillräckligt kraftiga. Kombinationen högvatten, en lång period med extrema skyfall och en orkan som överträffade alla tidigare i styrka blev alldeles för mycket. Fördämningarna brast vid Battery Park på Manhattans sydspets. Det hade under ett par års tid gått ut ett flertal varningar för översvämning i New York på grund av upprepade extremväder men inget allvarligt hade skett. Detta hade invaggat stadens invånare i en falsk trygghet och när det nu kom ytterligare en varning så var det många som ignorerade faran, inklusive de som hade till ansvar att beordra utrymning av tunnel-banesystemet om risken för översvämning var över-hängande. Konsekvenserna blev förödande. Mer än 8000 människor dog, de flesta i tunnelbanan. Det var också där mina föräldrar befann sig när vattnet forsade in.

– Var de på semester i New York?

    – Nej, båda mina föräldrar arbetade vid den tiden för FN och var i New York för att förbereda flytten av FN:s högkvarter från New York till Jerusalem.

– Till Jerusalem? Hur i hela friden … ? Varför skulle man göra den flytten?

– Det var ett sätt att försöka lösa en nästan evig konflikt kring den staden som fortfarande betyder så mycket för olika religioner. Eftersom flera religioner ser Jerusalem som *sitt* religiösa centrum och eftersom både israeler och palestinier gjort anspråk på staden så beslutade FN att göra Jerusalem och dess närliggande områden till internationellt territorium och dessutom flytta sitt huvudkontor dit. Man hade ju tidigare i årtionden diskuterat och även provat både en enstatslösning och en tvåstatslösning, nu blev det till slut en "alla-staters-lösning" under FN:s beskydd. På så sätt blev Jerusalem ägt, styrt och skyddad av oss alla, av världens alla länder, via FN.

– Intressant, men vad tragiskt med dina föräldrar. Har du några syskon?

– Nej, inte längre. Jag hade också en lillasyster, men hon dog av en överdos när hon var bara 14 år gammal.

– Fy så hemskt. Använde hon droger fast hon var så ung?

– Inte som vi i familjen kände till. Det hela kom plötsligt och chockade oss alla. Vi tror att det kan ha varit första gången hon testade. Det var tydligen någon slags ny syntetisk drog och det hände hemma hos en av hennes kompisar. Kompisen räddades i sista stund och sa efteråt att hon och min syster bara ville testa hur det skulle kännas. Vi fick aldrig reda på varifrån de fått tabletterna.

– Vilken chock det måste ha varit för er familj.

– Det är det värsta jag har varit med om.

– Fredrik, har du ingen flickvän eller så?

– Det är en definitionsfråga.

– Hur menar du?

– Jag umgås virtuellt med en kvinna som bor på Hawaiis största ö Big Island, men vi har aldrig träffats. Jag hoppas kunna besöka henne någon gång, men vi får väl se hur det blir med det nu. Hon heter Dolores och forskar kring exoplaneter.

– Spännande. Hoppas du får träffa henne på riktigt någon gång framöver.

– Det hoppas jag med. Kom nu så tar vi nästa rum.

– Jag kommer.

– Här har du också varit tidigare. Det är toaletten så den kan vi väl hoppa över nu.

– Javisst, men vad var det för tunnor där inne i hörnet?

– Det är förmodligen reservtoaletter om den andra inte skulle fungera. Tunnorna är staplade tre och tre och har både sittringar och lock. Jag tror att de kallas för torrtoaletter.

– Okej, men låt oss nu skita i tunnorna.

– Det är precis det jag tycker att vi *inte* ska göra, åtminstone inte så länge den vanliga toaletten funkar.

– Jag fattar, jag försökte bara …

– Här är det sista rummet på vänster sida, en liten städskrubb. Här inne finns det en sopborste, en sopskyffel, en hink, en skurtrasa, en plastflaska som jag gissar innehåller såpa eller något liknande och här finns också en dammsugare.

– Har du testat om den fungerar?

– Nej, men eftersom vi inte har något lyse, ingen fungerande mikro och ett dött kylskåp så tror jag inte att det är någon idé. Dessutom känner jag inte för att just nu börja städa.

– Du har inte hittat något elskåp eller någon huvudströmbrytare?

– Jag har letat men inte hittat någon.

– När jag känt med händerna längs väggarna i rummen som vi hittills varit i så har jag inte heller hittat någon. Elledningarna ligger utanpå väggarna men verkar inte leda till någon elcentral placerad i något av rummen som vi har tillgång till.

– Sådär Rashid, nu är vi framme vid den andra ståldörren, den med de runda rattarna.

– Vad tror du finns på andra sidan den här dörren?

– Jag vet inte, men jag undrar om den har en förbindelse till den gamla vapenfabriken, med andra ord till det fängelse där du har din cell och där du har tillbringat en massa år.

– Vadå, har Gråbergsanstalten tidigare varit en vapen-fabrik? Det visste jag inte fast jag varit här så länge.

– Det är mycket man inte vet när man väljer att stänga sig ute från all kontakt med andra människor. Jodå, Gråbergsanstalten har en gång i tiden varit en jättestor underjordisk vapenfabrik. Jag tror jag läst någonstans att den var cirka 12.000 kvadratmeter stor och att hundratalet människor jobbade där.

– Där vi nu befinner oss, har det också varit en del av den stora vapenfabriken?

– Där vi är nu var nog en separat enhet och det Sara berättat för mig tyder på att det kan ha varit en extra hemlig och känslig verksamhet just här inne.

– Hur kan du tro det?

– När hon hade frågat den som hade huvudansvaret för renoveringen av hissen om vad som tidigare funnits här så var det svar som hon fick lite speciellt. Personen sa att det är en del av Sveriges historia som man nog helst borde dra ett streck över och glömma bort. När Sara försökte fråga vidare så fick hon inget svar.

– Har du någon aning om vad det kan ha varit?

– Nej, men jag gissar att det gällde någon typ av vapenutveckling eftersom det låg bredvid den stora vapenfabriken, men jag vet inte.

– Vad kan det ha rört sig om för typ av vapen?

– Kanske man sysslade med utveckling av kemiska eller biologiska vapen, eller någon annan typ av kontroversiella vapen.

– Vad tillverkade man för typ av vapen i den stora underjordiska fabriken och när var den fabriken igång?

– Jag tror att det var någon gång på 1940-talet och det var visst huvudsakligen bomber till flygvapnet som man tillverkade här. Det fanns ju en flygflottilj i Östersund, inte så långt härifrån.

– Och när gjorde man om bergrummet till ett underjordiskt fängelse?

– Det var cirka 20 år sedan. Jag tror jag nämnde det tidigare.

– Varför gjorde man om en gammal vapenfabrik till fängelse?

– Man hade ett jättestort behov av nya fängelseplatser. Gamla bergrum blev ett alternativ. Fördelen med dessa är ju också att de går att göra väldigt rymningssäkra och därför lämpar sig fängelser i bergrum speciellt bra för de allra farligaste brottslingarna.

– Så jag betraktades tydligen som en av Sveriges farligaste brottslingar?

– Ja Rashid, så är det, du räknades och räknas fortfarande som en av de farligaste. Det är därför du har fått vara kvar här på Gråbergsanstalten.

– Men vad sjutton, varför skulle jag kunna betraktas som så extremt farlig?

– Nu vänder vi oss om och kollar vad som finns på den andra sidan av korridoren. Välkommen in, här har vi en liten sovsal med två stycken tvåvånings-sängar och fyra plåtskåp. Det är alltså ett litet rum för fyra personer som får varsitt skåp. Sängarna har en slags fjädrande metallbotten men nu finns här inga madrasser och inga sängkläder.

– Ska vi tvingas sova i de där sängarna om vi måste stanna här ett tag? Det känns inte särskilt bekvämt.

– Kanske det, vi har ju inte så många alternativ, men kom med nu till nästa rum.

– Jag kommer.

– Här har vi ytterligare en sovsal, identisk med den andra. Även här har vi två tvåvåningssängar utan madrasser och fyra skåp.

– Hurra, vi kan få varsitt sovrum.

– Bra om någon av oss snarkar. Du kan ju också fritt välja om du vill ha överslaf eller underslaf.

– Det jag helst skulle vilja ha är en madrass, en kudde och ett täcke.

– Låt oss nu fortsätta till nästa rum. Kom med!

– Okej, jag kommer!

– Det här är ett ganska stort rum med ett antal plåt-hyllor. Det står en hel del pappkartonger på hyllorna och det verkar som att det finns något i dessa kartonger. Det har känts så när jag lyft på några av kartongerna. Det här rummet verkar vara någon slags förråd.

– Hoppas det är mat i lådorna. Har du inte kollat?

– Nej, det har jag inte.

– Varför då?

– Jag hann inte med det när jag tidigare undersökte de olika rummen. Jag behövde ju samtidigt ha lite koll på dig och se till att du var okej. Det var ett evigt springande fram och tillbaka mellan rummen och den plats där du låg. Jag var dessutom rädd i början att jag skulle gå vilse. Jag hade ingen aning om hur stort eller litet det var här nere. När jag halvt panikslagen stressade runt i mörkret gick jag dess-utom in i möbler, hyllor, dörrposter och annat. Jag snubblade också rejält några gånger. Det blev säkert många blåmärken.

– Snällt av dig att hålla koll på mig. Ska vi inte nu undersöka vad som finns i kartongerna? Hoppas det är något ätbart.

– Det kan vi göra.

– I den här kartongen är det saker som är inlindade i bubbelplast. Jag öppnar en och känner efter.

– Vad är det för något?

– Du Fredrik, det här verkar vara något riktigt konstigt. Det känns som en liten figur, möjligen ett litet troll med lurvig frisyr. Varför i hela friden har man ett lager med sådana figurer här nere?

– Jag tror att jag vet. Det *är* trollfigurer. Sara berättade att man för några år sedan hade en fängelsechef som hade en massa kreativa och ibland lite märkliga idéer om hur man skulle sysselsätta de intagna. En av hans idéer var just att internerna skulle tillverka jämtländska trollfigurer som skulle säljas till turister. Han ville själv bestämma hur de skulle se ut men hans konstnärliga talang var tydligen inget vidare. Trollens utseende var en katastrof enligt Sara och de var tydligen så rysligt fula och skräckinjagande att de inte gick att sälja. Trollen gjordes i betong och hade hår av fårull. Personalen ville att lagret med troll skulle kasseras men chefen vägrade och då hamnade trollen tydligen till slut i det här förrådet.

– Fredrik, det är i alla fall mycket bubbelplast runt trollen. Det kanske vi kan använda för att bädda sängarna med.

– Bara du inte ligger och ploppar bubbelplast hela nätterna. Det ljudet kan vara ganska så enerverande.

– Ja, men du får ju ett eget sovrum.

– Det verkar som att det är två hela hyllor fulla med trollkartonger. Jag tror att vi har 32 lådor med troll. Det verkar ligga 8 troll i varje låda, vad blir det? Det måste bli 256 stycken.

– Så vi har alltså 256 troll, 256 enligt uppgift jävligt fula betongtroll som dessutom är oätliga. Suck!

– Men du, vi har fler hyllor med en helt annan storlek på kartongerna. Vi kanske kan hitta något bättre.

– Vadå, tomtar av betong?

– Du är så positiv.

– Som alltid!

– Nu du Rashid! Nu kanske du blir på bättre humör. I den här kartongen är det en massa plåtburkar som känns som konservburkar. Jo, det känns verkligen som konserver. Burkarna har ringar som man kan sätta fingret i för att öppna. Ska jag öppna en burk?

– Javisst! Gör det! Jag kan också öppna en.

– Stopp! Vi kanske ska vänta med att öppna tills vi har funderat igenom ordentligt om det skulle kunna finnas några risker med det. Tänk om det är någon form av vapen. Kan det vara gammalt stridsmedel i burkarna?

– Fegis.

– Fast det kanske inte är någon större risk när de har en sådan där ring för att öppna. Vänta! Nu tror jag att jag har kommit på vad det är i burkarna.

– Vad då? Hur kan du veta det?

– Sara berättade att chefen med trollidéerna också trodde att de intagna skulle kunna jobba som fodervärdar för hundarna som polisen, försvaret och tullverket använder. Han trodde att fångarna skulle lugnas av att jobba med djur och samtidigt kunna göra något meningsfullt. Man började i liten skala och det fungerade riktigt bra, tills någon gjorde en anmälan om att hundarna fick tillbringa alldeles för lång tid under jord, utan dagsljus. Det blev en djurskyddsfråga som satte stopp för försöket, men chefen hade redan beställt en ryslig massa hundmat, förmodligen bland annat hundkonserverna som vi nu har här på hyllorna i vårt underjordiska förråd.

– Undrar vad bäst-före-datum är på de där burkarna.

– Det får du nog fortsätta att undra över.

– Så vi ska alltså äta hundmat … och endast hundmat … en tid framöver. Med våra begränsade kokmöjligheter dessutom alltid kall hundmat. Jag är inte lika hungrig längre.

– Om alternativet är att svälta ihjäl så kanske hundmat ändå inte är så tokigt. Dessutom har jag läst någonstans att hundmat faktiskt är okej föda även för människor. Kanske inte jättegott, men fullt ätbart.

– Ska vi inte vänta lite med att undersöka resterande kartonger som förmodligen ändå bara innehåller troll och hundmat och i stället kolla vad som finns i nästa rum.

– Det kan vi göra men du kommer att bli förvånad.

– Varför det? Nu blev jag verkligen nyfiken. Finns det riktig mat där?

> – Tyvärr inte. Kom och kolla vad som finns innanför nästa dörr. Känn här, bakom dörren är ingången helt igenmurad. Man kan känna att det är ganska stora murblock som man använt, fogarna är väldigt tydliga. Då kanske du kan gissa vad som finns där innanför. Det är förmodligen det gamla vapenutvecklingslabbet som man har förseglat.

– Dit in vill jag verkligen inte gå.

> – Det kan du inte heller.

– Bra!

> – Du Rashid, då var vi klara med rundvandringen. Vad tycker du att vi ska göra nu?

– Jag vet inte, vad tycker du?

> – Jag tycker att vi går tillbaks till förrådet, tömmer några pappkartonger och tar med oss dessa och lite bubbelplast till sovrummen och bäddar så gott det går. Tomkartonger får bli våra madrasser och bubbelplast våra täcken. Sedan lägger vi oss ett tag och vilar och funderar på vad vi ska göra härnäst.

– Okej, men jag börjar faktiskt bli lite hungrig.

> – Är du villig att redan nu smaka på innehållet i konservburkarna?

– Nej, inte riktigt än. Låt oss gå och bädda som du sa.

– Ska vi inte ha varsitt sovrum? Jag tycker det.

– Absolut, jag håller med.

– Vilket rum vill du ha?

– Det spelar ingen roll. Jag kan ta det som är närmast ratt-dörren.

– Då tar jag det andra.

– Kom du ihåg att ta med pyjamas och tandborste?

– Rashid, du är ju hopplös.

5

– Fredrik, kan du höra mig när jag pratar med dig från rummet här bredvid?

> – Jodå, inga problem så länge vi har våra dörrar öppna, men om du börjar snarka så kommer jag att stänga dörrarna.

– Har du bäddat nu?

> – Ja, och det blev inte så tokigt med kartonger och bubbelplast, men jag har fortfarande ytterkläderna på mig. Det blir både varmare och mjukare då.

– Jag har också ytterkläder på mig. Har du valt över- eller underslaf?

> – Jag valde överslaf och jag vet egentligen inte varför jag gjorde det valet. Kanske för att jag aldrig tidigare legat överst i en våningssäng.

– Jag valde undervåningen helt enkelt för att det är bekvämare att kliva i och ur sängen då.

> – Har du tänkt på luften här nere?

– Nej, hur menar du? Jag tycker den är okej. Det enda jag reflekterat över är det susande ljudet från ventilerna, det sitter en alldeles ovanför dörren här inne. Det är samma svaga susande här som det är i min cell. Ventilationen låter precis likadant.

– Det är just det jag menar. Vi verkar inte ha någon fungerande el här nere men ändå verkar det vara en aktiv tillförsel av friskluft. Undrar hur det fungerar, vad driver ventilationsfläktarna? Är det vanlig uteluft som pumpas ner här och löper vi då en risk om luften där uppe blir ohälsosam av någon anledning eller det här en skyddsrumsanpassad ventilation med filtrering som tar bort skadliga ämnen? Kan det vara en helt vanlig ventilation som installerades i samband med att fängelsedelen byggdes?

– Jaha, då har man ännu en sak att oroa sig för, men andas bör man annars dör man.

– Vill du att jag ska hålla käft nu så att du får sova?

– Du, jag kommer inte kunna sova på ett bra tag. Det är alldeles för många tankar som snurrar i skallen.

– Samma här. Vad är det du tänker på mest … förutom mat?

– Att jag betraktas som en av Sveriges farligaste fångar och att jag hotas av utvisning till USA. Jag förstår verkligen inte varför. Kan du förklara det för mig?

– Förstår du verkligen inte?

– Jag vet att jag är anklagad och säkert också dömd i Iran för mordet på min arbetsgivare på tegelbruket, men att det skulle göra mig till en av Sveriges farligaste fångar förstår jag inte. Dessutom är jag ju oskyldig.

– Men attentatet i Norge då?

– Vadå för attentat?

– När 28 NATO-soldater dödades och där de flesta var från USA.

– Va! Vad snackar du om?

– Utanför Trondheim. Er sprängladdning orsakade ett jordskred som drog med sig bussen ut i fjorden så att alla drunknade och det var ju *din* telefon som utlöste sprängladdningen.

– Herregud, vad är det för fantasier? Hur skulle jag kunna ha gjort det? Jag som inte ens har varit i Norge, inte någon gång.

– Utredarna kom fram till att det var *din* telefon som användes där för att utlösa sprängladdningen. Dessutom finns det ju övervakningsfilmer på dig med ryggsäcken. Du fastnade på film vid macken där ni parkerade bilen.

– Men jag har ju aldrig varit i Norge. Aldrig någonsin!

– När helikoptern sköt dig utanför Ånge så hade man pejlat in din telefon, samma telefon som du använde för att utlösa sprängladdningen. Dessutom hade du då på dig samma ryggsäck som den man ser på övervakningsfilmen från macken i Norge. Man hittade också spår av ett speciellt sprängämne i ryggsäcken och det var samma typ av sprängämne som användes för att trigga igång jordskredet. Jag har läst utredningen. Bevisen är övertygande.

– Men, men ……

– Hur kan du påstå att du inte var inblandad?

– Herregud, jag tror jag fattar nu. Jag borde aldrig ha fiskat upp den där jävla ryggsäcken! Det var därför de sköt mig! Herregud!

– Vad menar du? Vad pratar du om?

– Den dagen då jag sköts, den dagen då Marie dödades, stod jag under en bro nära mitt gömställe och fiskade. Normalt brukar jag använda metspö vid fiske under bron men den här gången hade jag med mig ett kastspö eftersom jag egentligen hade planerat att fiska med spinnare i en tjärn en bit längre bort. På väg mot tjärnen, nära bron, såg Marie att det där växte ovanligt mycket blåbär så hon ville stanna ett tag för att plocka. Jag tycker ju att det är roligare att fiska än att plocka bär så jag tog mitt kastspö och gick ner och ställde mig under bron under tiden som Marie fick ägna sig åt sin blåbärsplockning. Jag ställde mig som jag brukar på en avsats nära ena brofästet rakt under bron för att inte synas om någon skulle åka på vägen över bron. Visserligen var den vägen väldigt lite trafikerad men eftersom jag var efterlyst försökte jag alltid hålla mig utom synhåll så mycket som möjligt. De enstaka fordon som brukade passera var en och annan timmerbil samt ibland någon servicebil på väg till eller från vindkraftsparken.

– Fortsätt …

– Men den här dagen hände det något ovanligt. Jag hörde en bil komma med hög fart för att sedan tvärnita på bron. En bildörr öppnades och strax efteråt plaskade det till rejält i vattnet några meter framför mig.

– Vad var det man slängde ner?

– Det sjönk så snabbt mot botten att jag inte hann se vad det var för något. Efter några få sekunder hörde jag en bildörr stängas. Bilen vände om, rivstartade och åkte snabbt mot samma håll som den hade kommit. Eftersom jag hade sett exakt var det som slängdes ner hamnat, kastade jag instinktivt mitt fiskedrag strax bortom den platsen, lät draget sjunka mot botten och vevade in. Jag upprepade detta några gånger och vid tredje försöket lyckades jag kroka fast i något. Det var rejält tungt och jag var rädd att min lina skulle brista. Till slut hade jag fått in det så nära mig att jag kunde se att det var en ryggsäck. Jag tog tag i den med mina händer och drog upp den till den avsats som jag stod på. När jag öppnade ryggsäcken så såg jag att den innehöll ett antal knytnävsstora stenar men där låg också en hoprullad jacka, en stickad mössa och ett par fingervantar. Jag plockade ur stenarna och undersökte jackan. I en innerficka låg det en mobiltelefon som till min stora förvåning var påslagen och verkade ha överlevt den korta tiden i vattnet. Varför hade någon slängt ryggsäcken med jacka och mobiltelefon i vattnet? Jag förstod att stenarna var till för att få ryggsäcken att sjunka till botten och det hela verkade naturligtvis väldigt skumt.

– Ja, varför gjorde man så där?

– Min första spontana tanke var att ryggsäcken med dess innehåll snarast borde lämnas in till polisen men jag förstod genast att jag som efterlyst ju inte kunde göra det. Nu måste jag rådgöra med Marie så jag gömde mina fiskegrejer ovanpå en av brobalkarna och började gå med raska steg mot Maries blåbärsställe. Den blöta ryggsäcken hade jag hängt på ryggen, ovanpå min vattentäta fiskejacka.

– Vad sa Marie?

– Hon hann aldrig säga något. När jag hade gått ett par hundra meter så brakade helvetet löst.

– Hur då? Vad hände?

– Det jag först reagerade på var ljudet, det kom så snabbt och så plötsligt. En helikopter kom flygandes på extremt låg höjd, trädtoppshöjd, rakt emot mig och började direkt att skjuta. Jag kände hur det brände till i mitt högra ben och jag föll omkull. Där jag låg på marken såg jag Marie komma springandes mot mig en bit upp i backen och bakom henne kom en timmerbil. Antagligen såg och hörde hon inte timmerbilen på grund av helikoptern, för helt plötsligt vek hon ut i vägen och hon, hon …

– Jag vet, det måste ha varit fruktansvärt.

– Hennes huvud krossades av framhjulet och jag fattade direkt att hennes liv tog slut där och då. I samma stund kändes det också som att även *mitt* liv tog slut. Att se Maries huvud krossas var det sista mina ögon fick se och det sista jag kan minnas från den dagen. Den bilden blir jag aldrig av med. Men jag har tack och lov också andra bilder av Marie … fina bilder, vackra bilder.

– Så fruktansvärt hemskt det måste ha varit …

– Fredrik, det är märkligt, jag kommer inte ihåg vad som hände dig och mig i morse, med hissen och allt det där … men den där händelsen vid bron … det är ju så många år sedan … där känns det som om jag kommer ihåg varenda sekund.

– Rashid, är du okej? Vill du att jag ska komma in till dig?

– Nej, stanna kvar i *ditt* rum. Jag vill vara själv ett tag …

– Säg till om du ändrar dig. Vill du att vi ska sluta att prata om den där händelsen?

– Är det något mer som kan sägas?

– Enligt vad jag läste i brottsutredningen så sköts du en andra gång från helikoptern när du låg på marken. Denna gång träffades du av flera skott och några träffade huvudet. Det var nu som båda dina ögon skadades så svårt att du helt förlorade synen och du fick också skador på din vänstra hjärnhalva. Det var dessa skador som man senare trodde hade gett dig en svår afasi. Tidsmässigt avlossades skotten mot ditt huvud ungefär samtidigt som Marie dödades av timmerbilen. Man sköt med ett finkalibrigt vapen från helikoptern och avsikten var inte att döda dig, tvärtom, i utredningen står det att uppdraget var att du skulle *inkapaciteras*. Man använde specifikt det ordet i utredningen. Du skulle helst inte dödas. Man ville ju kunna förhöra dig för att försöka få mer information kring attentatet i Norge.

– Så man sköt mig flera gånger i huvudet från en helikopter utan avsikt att döda mig. Låter märkligt och inte speciellt trovärdigt.

– Man skrev i rapporten att det var ett misstag att du blev skjuten i huvudet och så svårt skadad. Att Marie dödades beskrivs också i utredningen som en ren olyckshändelse. Vid förhör sa också föraren av timmerbilen att han hade ögonen riktade mot helikoptern och inte alls såg att det sprang en kvinna längs vägen.

– Vad stod det mer i utredningen?

– Det fanns en hel del frågetecken. Vart tog till exempel bilen vägen? Den hittade man aldrig trots stora ansträngningar. Man lyckades inte heller få tag på eller identifiera de andra personerna som misstänktes vara inblandade i attentatet. Förutom du så var det ju minst tre andra personer. Det kunde man konstatera efter att ha studerat övervakningsfilmer och efter att ha sammanställt alla vittnesuppgifter.

– Fredrik, så du tror fortfarande att jag var inblandad i det där attentatet.

– Nej, självklart inte. Efter vad du nyss har berättat så är jag övertygad om att du är oskyldig.

– Tack!

– Jag försökte bara återge det som utredningen kom fram till. Motivet till attentatet var också något som diskuterades. För din del antog man att eftersom du är från Afghanistan så kunde USA:s engagemang i kriget där vara en förklaring till ditt deltagande.

– Mitt förmodade deltagande …

– Ja, ja, … förlåt. Den dyngsura ryggsäcken förvånade också utredarna och en möjlig förklaring var att du skulle ha råkat tappa den i något vatten, en annan var att du medvetet försökt att sänka den men sedan ångrat dig. Man hittade rester av bottenslam i tyget.

– Tänk om man hade fått reda på hur det hela egentligen låg till.

– Ja, då hade du nog sluppit alla år här på anstalten och Marie hade förmodligen också varit vid liv idag.

– Tänk om jag hade låtit bli att fiska upp den där ryggsäcken …

– Tillfälligheter och slump kan få enorma konsekvenser. Tänk om din flickvän inte varit så förtjust i blåbär. Då kanske ni hade varit vid tjärnen och fiskat när ryggsäcken dumpades från bron. Det hade också förändrat allt.

– Så du menar att allt är Maries fel.

– Nej, men du ska inte anklaga dig själv.

– Men jag kan väl få vara besviken och förbannad på att utredarna drog helt felaktiga slutsatser. Det känns tungt att få reda på att mitt och Maries liv förstördes på grund av andras misstag. Det hela känns faktiskt riktigt förjävligt.

– Idag är det betydligt bättre kvalitet på brottsutredningarna. Sedan man börjat använda artificiell intelligens sker det betydligt färre misstag. Med AI-stöd så kan enorma mängder information analyseras och tolkas på extremt kort tid och systemen kan hitta och ta hjälp av historiska paralleller till det som hänt. Förr var det också lätt att utredarna känslomässigt och undermedvetet kunde låsa sig vid ett speciellt spår. Normalt gör AI-system inte sådana misstag i brottsutredningar utan utvärderar opartiskt alla tänkbara alternativ.

– Du säger att AI-systemen är mer opartiska än människor. Är det verkligen så? Händer det aldrig att systemens slutsatser blir felaktiga?

– Jovisst kan det hända. Det är därför som man alltid använder minst tre helt oberoende och certifierade AI-system som får bearbeta samma information rörande varje fall och sedan jämför man vad systemen kommer fram till.

– Det låter som ett vettigt upplägg. Vad innebär det att AI-systemen är certifierade?

– Certifierade AI-system har kollats och godkänts av Statens Verifieringsverk. Det är ingen tvekan om att rättssäkerheten har ökat sedan utredare och jurister börjat använda AI-stöd.

6

– Rashid, är du vaken?

– Nu är jag vaken men jag tror faktiskt att jag har sovit en liten stund.

– Jag *vet* att du har sovit. Dina snarkningar hördes tydligt.

– Hur länge sov jag?

– Ingen aning. Jag har också sovit ett tag. Men utan klocka och utan fungerande ComU så har jag ingen som helst uppfattning om hur länge jag har sovit, hur länge du har sovit eller vad klockan är.

– Min känsla, men det är en ren gissning, är att jag har slumrat i några timmar.

– Du Rashid, när du berättade om händelsen vid bron så sa du att det var i närheten av ditt gömställe. Kan du berätta mer om det där gömstället? Var det där som du höll dig undan på grund av utvisningsbeslutet?

– Så var det. Gömstället som jag nämnde var en sommarstuga, en stuga som tillhörde Maries moster.

– En sommarstuga? Bodde ni där?

– Inte vi båda, bara jag. Marie var bara där ibland. Hon kallade stället för sommarstuga trots att det gick alldeles utmärkt att vara där även på vintern. När jag hade fått beslutet om utvisning till Iran så fick jag panik och berättade för Marie att det i princip var samma sak som ett dödsstraff för mig. Marie tyckte då att jag skulle hålla mig gömd tills vi kunde komma på ett sätt att få beslutet ändrat. Hon berättade att hon hade en moster Elsa som ägde det här stället men att det inte alls användes eftersom Elsa hade hamnat på ett demensboende. Efter att Maries båda föräldrar hade omkommit i en bilolycka på Teneriffa när Marie bara var 18 år gammal, så hade hennes moster och mosterns man Erik blivit som reservföräldrar till henne.

– Bodde Maries föräldrar också i Ånge?

– Nej, i Arboga där båda jobbade som gymnasielärare. Det är också i Arboga som Marie är född och uppvuxen, men hon pratade inte mycket om sina föräldrar och inte heller om sin uppväxt där. Jag vet inte varför, kanske var det hennes sätt att hantera sorgen. Mostern hade också sagt till Marie att hon en gång skulle få ärva sommarstugan. Elsa och Erik hade inga egna barn och Marie hade inga syskon. Marie hade också fått ett löfte om att hon kunde få använda stugan *när* hon ville och *hur mycket* hon ville. Hon fick egna nycklar. Ursprungligen tillhörde fastigheten Maries mormor och morfar och de bodde där året runt. Det var på den tiden ett litet hemman med en bit åkermark och ett mindre skogsskifte. Man levde av jordbruket, skogen och en del fiske. Eftersom det här stället låg mycket avskilt en bit utanför centralorten, tyckte Marie att det skulle kunna vara ett perfekt gömställe för mig.

– Och centralorten, det var alltså Ånge?

– Ja, det var där affärer och annan service fanns. Fastigheten hade också en mycket speciell fördel. Elen var gratis och jag skulle därför tack vare stugans elvärme kunna bo där ganska så diskret även vintertid utan att någon skulle kunna se rök komma ur skorstenen.

– Hur kunde elen vara gratis?

– När det lokala kraftverksbolaget byggde den stora kraftverksdammen så hamnade en stor del av fastighetens åkermark under vatten och som delkompensation skulle fastigheten få gratis el så länge kraftverket producerar el. Denna typ av ersättning kallades för frikraft. Bara några dagar efter beslutet om utvisning så hade jag flyttat upp till stugan från flyktingförläggningen utanför Uppsala. Marie som läste till läkare, pausade sina studier och efter bara några veckor så hade hon flyttat upp till Ånge där hon hyrde en liten lägenhet nära centrum. Hon hade snabbt ordnat med jobb inom hemtjänsten vilket var perfekt eftersom det ingick i jobbet att med bil åka runt i kommunen och hjälpa äldre personer som bodde kvar i sina stugor. På det sättet kunde hon ibland passa på att komma med lite mat och andra förnödenheter till mig när hon var i närheten. Hemtjänsten hade väldigt pressade scheman så ofta blev det extremt korta besök, men när hon var ledig från jobbet blev det ju att hon stannade lite längre. För att minska risken att någon skulle upptäcka att jag höll mig gömd där så försökte vi att inte ses alltför ofta.

– Så hon offrade alltså sin läkarutbildning för att hjälpa dig.

– Marie uttryckte det på ett annat sätt. Hon sa att hon bara pausade utbildningen och att hon i arbetet inom hemtjänsten fick mycket värdefull praktisk erfarenhet som hon skulle ha stor nytta av senare i sin framtida yrkesroll som läkare. Hennes avsikt var att senare återuppta studierna.

– Låter som att hon var en mycket snäll och omtänksam person.

– Ja, hon var helt fantastisk. Jag har aldrig mött en mer kärleksfull människa.

– Hur träffades ni?

– Hon och jag råkade sitta bredvid varann på en grässlänt när vi båda tittade på forsränningen en Valborg i Uppsala. Av någon anledning började vi prata. Efter att vi suttit där ett tag och pratat om allt möjligt så bjöd hon hem mig på fika till den studentkorridor där hon bodde. Sedan bara fortsatte det och vi blev faktiskt ihop efter bara ett par veckor, men vi gjorde allt för att försöka hålla vår relation så hemlig som möjligt. Utifall Migrationsverket skulle komma med ett beslut om att utvisa mig så ville vi inte att myndigheterna, och då framför allt inte polisen, skulle kunna se någon koppling mellan mig och Marie. Det skulle försvåra möjligheterna för henne att hjälpa mig att hålla mig gömd.

– Hur länge höll du dig gömd i stugan?

– När jag blev skjuten och Marie dödades så hade jag hållit mig gömd där i cirka två år.

– Vad gjorde du på dagarna?

– Marie ville att jag så snabbt som möjligt skulle lära mig prata bra svenska. Hon trodde att det skulle göra det mycket lättare för mig att få stanna i Sverige. Hon såg till att jag nästan dygnet runt "badade" i det svenska språket.

– "Badade" i det svenska språket?

– Ja, med det menade hon att jag skulle höra och aktivt använda svenskan så mycket det bara gick. Hon ville att jag enbart skulle lyssna på svenska program på radion, helst bara på talkanalen P1, och att jag bara skulle titta på svenska program på TV. Dessutom fanns det massor av videoband och DVD-skivor med svenska filmer i sommarstugan plus en massa svenska ljudböcker på CD och DVD.

– Hade Marie fixat allt det där? Vilket driv hon måste ha haft.

– Filmerna och skivorna fanns där redan.

– Varför då?

– Erik, moster Elsas man, älskade att titta på film och att lyssna på böcker. Han jobbade på ett lokalt åkeri där han körde timmerbil och ibland även lastbil med post till olika orter i Norrland. I hytten lyssnade han då alltid på ljudböcker och han samlade på sig ett stort lager. När andra började lyssna på böcker och titta på film via nätet så fick han en massa böcker och filmer på CD och DVD av vänner och kollegor. Han var lite av en ekorre och samlade på allt när det gällde ljudböcker och film. Allt var på svenska eftersom han inte hade lärt sig engelska eller något annat främmande språk.

– Han behövde tydligen inga andra språk.

– Nej, så var det. Han såg också till att ha flera upp-sättningar videobandspelare och andra uppspelnings-apparater som kunde hantera både CD och DVD. Han ville vara säker på att kunna titta på filmerna och lyssna på böckerna även när utrustning för detta inte längre skulle finnas att köpa. På stugans vind fanns det ett stort antal videobandspelare, DVD-spelare och TV-apparater. Om någon apparat skulle gå sönder så ville han ha reserver att tillgå. Marie sa att han verkligen var en stor bok- och film-älskare. Erik hade sagt att när han blev pensionär så skulle han ägna större delen av sin tid åt att lyssna på böcker och titta på filmer.

– Blev det så?

– Nej, tyvärr dog han av en hjärtinfarkt året innan han hade tänkt gå i pension.

– Så tragiskt.

– Verkligen.

– Vad gjorde Elsa? Vad arbetade hon med?

– Hon jobbade som bibliotekarie i Ånge, det var så Elsa och Erik träffades. I början var det bokintresset som fick Erik att ofta besöka biblioteket men senare var det nog Elsa som utgjorde den främsta dragningskraften. Elsa hjälpte också till med att utöka Eriks samling av ljud-böcker, speciellt när biblioteket övergick till nätbaserade ljudböcker och man slutade med fysiska media.

– Hade du internet i stugan?

– Nej, vi valde medvetet bort internet och även att använda mobiltelefon. Vi trodde det skulle ge en ökad risk att bli upptäckt. Kanske det var en överdriven försiktighet men så gjorde vi i alla fall.

– Man vet aldrig …

– Så när jag inte sov, åt eller fiskade, ägnade jag nästan dygnets alla timmar åt att titta på svenska filmer och lyssna på svenska böcker. När jag hade radion på så var det bara talkanalen P1 som gällde. Den kanalen är också mycket allmänbildande, men av någon anledning blev det inte lika mycket TV som radio, utom i början då jag tittade mycket på svenska barnprogram och det tror jag var mycket bra för min tidiga språkutveckling. Jag gjorde som Marie hade sagt till mig, jag verkligen badade i det svenska språket. Nästan dygnet runt i två år.

– Så det är därför du är så förbaskat duktig på svenska. Du hanterar ju språket bättre än många som är födda i Sverige. Du verkar dessutom ha ett mycket rikt ordförråd. Jag är väldigt imponerad.

– Det är främst Maries förtjänst.

– Rashid, jag kan ge dig ett exempel på hur språkträning kan gå till idag. I Eskilstuna bor jag granne med en kille som heter Akhil och han har precis börjat lära sig svenska. Han kommer från Kerala i södra Indien och behärskar tre språk; engelska, hindi och malayalam.

– Men nu vill han alltså bli bättre på svenska?

– Han är klimatforskare knuten till Mälardalens Universitet och har nu bott i Sverige i drygt ett år och har hittills klarat sig alldeles utmärkt utan att kunna någon svenska eftersom all forskning och undervisning sker på engelska. Nu har han träffat en svensk tjej och vill snabbt lära sig svenska för att bättre kunna göra sig förstådd bland hennes släktingar och vänner. Flickvännen hjälper ju till med hans språkträning men det han tycker är allra effektivast är chatroboten Tutlang som han har tillgång till dygnet runt. Denna AI-baserade privatlärare anpassar språkträningen till Akhils behov, hans intressen, hans tidigare språkkunskaper, progress, et cetera. Tutlang lyssnar också mycket noggrant på hur Akhil uttalar de svenska orden, hur han språkligt uttrycker sig och korrigerar när det behövs på ett sätt som är pedagogiskt optimalt för honom.

– Det där måste ju vara ett perfekt hjälpmedel för att lära sig ett nytt språk.

– Ja, det är otroligt effektivt och det finns liknande chatrobotar för alla möjliga ämnen som man vill förkovra sig i. Var och en får *den* undervisning man önskar, *när* man behöver den och *på det sätt* som är bäst lämpat för just *den* individens intressen och förutsättningar.

7

– Rashid, jag fattar fortfarande inte hur du kan ha så lätt för att prata med mig … och dessutom på svenska som ju inte är ditt modersmål. Ditt ordförråd är så rikt och ditt svenska uttal är fantastiskt bra.

– Tack.

– Det var väl bara under ett par år efter att du kommit till Sverige som du kunde leva någotsånär normalt i samhället och umgås med svensktalande personer?

– Att bo på ett flyktingboende kallar jag inte att leva normalt.

– Det kanske var fel uttryckt, men du fick väl svenskundervisning och kunde titta på svensk TV och lyssna på svensk radio … eller hur? Ni fick ju också vara ute i samhället.

– Jodå, och jag träffade en hel del svenskar i Uppsala och jag fick t.o.m. några vänner som hjälpte mig med att träna språket.

– Bra, men efter utvisningsbeslutet blev det väl annorlunda? Då kunde du inte träna din svenska på samma sätt. Då levde du ju isolerad i ditt gömställe.

– Inte helt isolerad. Jag hade ju Marie … och böckerna … och filmerna.

– Men här på anstalten har du ju valt att vara i språk-
mässig och social isolering. Det har blivit ganska
många år nu … ett par decennier. Hur i hela friden
har du kunnat hålla din svenska levande? Man kan
tycka att du borde ha tappat språket och dina stäm-
band borde ha förtvinat för länge sedan?

– I min fantasivärld har jag levt ett språkligt väldigt aktivt
liv. Jag har i fantasin kommunicerat med min fru Marie,
mina barn, mina vänner, mina arbetskamrater och så
vidare. I min hjärna har jag verkligen hållit det svenska
språket levande. Jag har till och med skrivit brev och hållit
tal. Det trodde du inte …

– Men i det talade språket behövs ju också mun-
rörelser, harklingar och fuktade läppar.

– Jag har kört med meningslösa ramsor och grymtanden
för att hålla stämbanden igång. Jag hörde en gång en vakt
säga till sin kollega att jag måste vara riktigt galen som så
ofta talar i tungor. Ska jag vara helt ärlig så fann jag faktiskt
ett visst nöje i att spela denna ständiga teater.

– Den där fantasivärlden, den verkar väldigt rik och
mycket intressant. Kan du berätta mer om den?

– Tills vidare vill jag nog inte det. Den är väldigt privat för
mig och det får den nog fortsätta att vara.

– Okej, jag förstår. Det måste jag självklart accep-
tera. Är det så att det kanske blir en bok eller en film
någon gång?

– Kanske det, vi får se … om vi kommer ut härifrån …
och om jag får leva ett någotsånär normalt liv igen, så
kanske … men jag tvivlar …

   – Jag har tänkt på frågorna du hade kring min
   ComU och att du använde ordet mobiltelefon. Att
   du inte kommunicerat med människor under alla år
   här, innebär det också att du inte alls följt med i vad
   som hänt i samhället, tekniskt, politiskt, miljö-
   mässigt och på andra sätt?

– Jag har medvetet hållit mig oinformerad, jag trodde att
det skulle göra det lättare för mig att fortsätta med min
galna teater. Man ställde i början in en TV i min cell men
den slog jag sönder direkt. Sedan satte man upp en hög-
talare i taket som ibland spelade upp musik och olika radio-
program utan att jag kunde kolla vad som kom ur hög-
talaren. Jag blev galen, eller man kanske ska säga att jag
spelade galen och lyckades ganska snart få tyst på hög-
talaren genom att med en vattenindränkt handduk liksom
snärta in en massa vatten i den. Till slut dog den eller så
stängde man av den. Så länge högtalaren var igång skrek
och gormade jag utan att använda riktiga ord. Det var
ganska svårt att låta bli att forma verkliga ord men jag fick
i alla fall personalen att inse att jag inte ville höra vare sig
tal eller musik. Tidningar och böcker försökte man inte ens
att ge mig.

   – Varför då?

– Tänk efter. Det borde du väl fatta.

– Jag glömde, förlåt. Jag förstår ändå inte riktigt varför du valde en total isolering.

– Dels hoppades jag att man inte skulle utvisa en blind och sjukt galen person till ett annat land och dels ville jag leva ostört i min egen fantasivärld, den som jag byggde upp i mina tankar.

– Var du inte rädd att tappa talförmågan och språket när du inte kommunicerade med någon och när du inte fick höra andra prata?

– Jo, jag tänkte på det, men som jag sa tidigare så använde jag språket väldigt intensivt i fantasivärlden. Ofta talade jag också tyst för mig själv när jag kunde vara ganska så säker på att ingen lyssnade. Sara är nog den enda som vid ett tillfälle kom på mig.

– Hur då, vad hände?

– En dag när hon kom till min cell så hade hon med sig en liten hund, det måste ha varit en valp. Hon räckte över valpen till min famn utan att säga något och jag tog emot den. Jag blev otroligt förvånad över vad hon gjorde men trots det lyckades jag hålla mig helt tyst. Jag hörde på Saras fotsteg att hon backade några steg och sedan hörde jag att hon stängde dörren. Detta fick mig att tro att hon lämnat cellen och jag började småprata med hunden samtidigt som hunden slickade mig i ansiktet. Jag tror att jag sa "*säja, fin hund, lugna dig*" eller något liknande. Då hörde jag att Sara harklade sig för att liksom signalera att hon var kvar i rummet.

– Oj då!

– Hon frågade om jag ville prata och jag ruskade på huvudet. Hon sa *"jag förstår och jag kommer inte att säga något till de andra"*. Det blev aldrig några samtal mellan oss efter det där, men efter den händelsen tyckte jag att det var helt okej när hon sa *"kom"* eller *"det är dags"* när hon hämtade mig för rastpromenader eller när hon sa *"var så god"* när hon kom med matbrickan, men hon sa aldrig någonting till mig om det fanns andra personer i närheten.

    – Apropå mat, hur fungerar det med måltider, äter du tillsammans med de andra internerna?

– Nej då, jag får alla måltider inställda på en bricka och äter maten helt själv i min cell. Skit också, nu börjar jag faktiskt bli lite hungrig när vi pratar om mat.

8

– Fredrik, idag blir det fest.

    – Vad har det tagit åt dig? Har du blivit tokig?

– Jag har bestämt mig för att testa lite av hundmaten eller vad det nu är som de där burkarna innehåller. Hungern börjar bli besvärande. Jag tänker att om man dricker mycket vatten och sedan bara tar lite grann av innehållet så får man snart en uppfattning om hur lämpligt eller olämpligt det är att äta. Magen kommer att berätta.

    – Ska vi båda testa eller är det bättre om bara en av oss gör det först och att vi sedan avvaktar resultatet?

– Du menar som en härskare som låter en obetydlig undersåte eller slav testa om maten är förgiftad.

    – Rashid, vill du vara härskare eller slav?

– Eftersom jag har föreslagit det hela så borde det väl vara jag som börjar. Jag har redan hämtat en burk. Kom så går vi till provköket. Jag tycker att vi delar upp tallrikar, muggar och bestick så att vi får en uppsättning var och har varsitt skåp med dessa grejor i. Var och en diskar sitt så slipper vi gnälla på varandra för att den andre slarvat.

    – Bra idé, jag tar skåpet längst till vänster. Tog du med dig två burkar?

– Nej, men nu är det ju jag som ska testa först så en burk räcker mer än väl. Sådär, nu har jag också ordnat med ett eget skåp. Jag har flyttat allt mitt bohag till överskåpet längst till höger.

> – Vad ska jag göra om du blir dödssjuk och inte kan ta hand om dig själv?

– Det får du själv bestämma, ringa akuten, hur nu det skulle gå till, låta mig dö här eller försöka ta dig ut för att hämta hjälp. Törs du ta dig ut när du inte vet hur det ser ut där uppe?

> – Jag vet inte, vi får se hur jag gör, men nu har jag börjat fundera på hur *ditt* kött skulle kunna smaka?

– Det där var nästan över gränsen. Det var ett rätt så rått skämt.

> – Ett rätt så rått skämt om ett rått och rätt så skämt kött.

– Lägg av! Nu har jag hällt upp två muggar med vatten. Jag är beredd. Nu öppnar jag burken. Det luktar ju inte alltför illa, eller hur … ?

> – Rashid, det luktar faktiskt som hundmat på burk brukar lukta. Mina föräldrar hade en hund som ibland fick konserverad hundmat som luktade ungefär sådär.

– Vad var det för slags hund?

> – Det var en jämthund som hette Pello.

– Okej, nu sker det. Är du beredd med akutväskan? Jag börjar med en halv sked.

   – Hur känns det?

– Det smakar faktiskt bättre än vad jag hade förväntat mig. Jag tar lite till.

   – Hunger är den bästa kryddan, men ta inte för mycket nu. Ge dig! Drick ordentligt med vatten och gå och lägg dig. Vila ett tag så får vi se hur din kropp reagerar …

– Vill du inte också smaka?

   – Jag väntar med det. Gå och lägg dig nu.

– Okej! God natt, sov gott.

   – Jag ska försöka. God natt.

9

– Rashid, är du vaken. Hur mår du? Hur är det med magen?

– Helt okej. Jag smög faktiskt tillbaks och åt upp nästan allt i den där burken.

– Det låter bra, då kommer nog jag också att smaka, om ett tag. Kan du inte berätta lite om din uppväxt i Afghanistan? Hur var den?

– Vi hade det ganska så fattigt men det var aldrig så illa att vi behövde svälta. Vi hade en liten gård där vi odlade det vi behövde för husbehov och dessutom hade vi djur; två kor, får, getter samt en hel del höns.

– Vad odlade ni?

– Vi odlade potatis, majs, lök och olika grönsaker. Dessutom hade vi fruktträd; äpplen, plommon, aprikoser och ett stort mullbärsträd. Jag älskar mullbär.

– Var ni många i familjen?

– Nej, jag var den ende sonen och när jag var sex år gammal så fick jag en lillasyster, Samira. Förlossningen var svår och min mor dog den natten. Hon förblödde men min nyfödda syster klarade sig, hon överlevde. En grannkvinna hade någon vecka tidigare fött ett barn och hon kunde ställa upp och också amma Samira under några månader.

– Så ni var bara två syskon, du och Samira?

– Ja, min far fick själv ta hand om oss två. Det var säkert ganska så jobbigt för honom men han fick lite hjälp av grannarna de första åren efter min mors död.

– Det måste ändå ha varit väldigt tufft för honom.

– När jag var 14 år gammal så kom det en grupp män med vapen och försökte förmå alla bönder i vår by att börja odla opiumvallmo. Min far vägrade men då satte männen eld på vårt boningshus och alla våra uthus, men värst av allt var att de tog Samira med sig när de red iväg. Det var sista gången jag såg henne och hon var ju bara fem år gammal.

– Så fruktansvärt. Att det finns så grymma människor…

– Min far blev helt förkrossad och anklagade sig själv för att han inte hade gått med på männens krav. Far och jag lämnade byn, tog med oss några av våra djur och flyttade in hos min farbrors familj som bodde i en annan by en dagsvandring bort. I den familjen fanns det flera barn, sju av dessa bodde fortfarande hemma. Min farbror sa efter några dagar att jag var för gammal för att bo hos dem. Hans äldste son hade flyttat till Iran och börjat jobba där på ett tegelbruk nära staden Esfahan. Den sonen skickade en del av pengarna han tjänade hem till sin familj. Nu tyckte min farbror att jag borde göra likadant och efter några veckor var det ordnat så att även jag flyttade till Iran och började jobba på samma tegelbruk som min kusin.

– Bara 14 år gammal …

– Ja, det var jobbigt att lämna min far och flytta till ett annat land, men jag hade ju inget val. Min farbrors fru tyckte att jag skulle få stanna men hennes röst vägde inte speciellt tungt.

– Gick du i någon skola när du bodde i Afghanistan?

– Ja, men inte så mycket som jag ville. Jag älskade skolan men det var lång vandring dit och min far behövde ofta min hjälp på gården. Jag hade en mycket bra lärare och lärde mig att läsa ganska så snabbt trots att jag inte var där så ofta. Han till och med lärde mig lite engelska.

– Var det tillåtet?

– Jag vet inte, men det gjorde han i alla fall. Läraren lät mig också låna hem böcker. Han sa att jag var begåvad och hade lätt för att lära mig nya saker. En gång sa han till min far att jag borde ägna mer tid åt skolan och att jag borde läsa fler böcker. Min far förstod inte värdet av studier eller varför jag gillade skolan. Han var analfabet och tyckte inte att det var något större problem.

– För mig var det precis tvärtom, mina föräldrar tyckte att jag och min syster var alldeles för ointresserade av skolarbete och studier. Det var mycket tjat om det hemma hos oss.

– Hur var din uppväxt för övrigt?

– Jag vet inte om jag vill berätta.

– Varför det?

– Det känns så orättvist gentemot dig. Du och jag har haft så totalt olika förutsättningar. Det känns så fel. Mina föräldrar var ju diplomater så vi flyttade runt i världen. Vi bodde några år i varje land och fick gå på de bästa och dyraste privatskolor som fanns på varje plats där vi bodde. Svenska staten betalade. Till råga på allt så var, som jag sa tidigare, varken jag eller min syster speciellt intresserade av att studera. Det fanns så mycket annat som lockade. Jag nästan skäms nu.

– Men det är väl inte ditt fel att världen är så orättvis.

– Är det inte? Jag är ju en del av systemet.

– Hur menar du?

– Jag testade rökheroin en gång i min ungdom.

– Och vad vill du säga med det?

– Var kommer heroinet ifrån, hur tillverkas det?

– Från opium ….

– Precis, och heroinet var inte gratis. Varför tror du männen med vapen ville att din far skulle odla opiumvallmo?

– Okej, jag tror jag förstår hur du menar.

– Det gäller att tänka i flera led.

– Varför testade du rökheroinet?

– Jag vet inte, jag var inte nykter på den festen. Det kanske bara var nyfikenhet eller grupptryck.

74

– Kändes det bra, fick du en kick?

    – Nej, tack och lov mådde jag skitdåligt. Jag spydde halva natten och trodde att jag skulle dö.

– Då hade du tur som inte blev fast.

    – Ja, verkligen.

– Fredrik, tycker du att du hade en lycklig barndom och en bra uppväxt?

    – Nej, egentligen inte. Materiellt hade vi det jättebra men jag var nog oftast ganska så olycklig. Jag tyckte att mina föräldrar jobbade nästan jämt och så fort jag hade rotat mig på en plats, skaffat kompisar och så, då skulle vi flytta till ett nytt land. Det blev en slags rotlöshet och jag kände mig inte hemma någonstans. Men det känns så fel att klaga nu när jag vet hur du har haft det.

– Du Fredrik, även om världen är full av orättvisor så är vi i alla fall jämlikar på det här speciella hotellet. Vi har samma standard på rummen, vi äter på samma restaurang och vi väljer mat från samma meny. Vad vill du äta idag?

    – Låt mig se … hmmmm … idag tror jag att jag väljer *Can Canine Surprise du Chef.*

– Vilka fina ord du kan, det låter som något väldigt tjusigt och väldigt gott men idag är jag så hungrig så jag skulle nog kunna äta hundmat.

    – Det tror jag det.

– Vad säger du Fredrik, ska vi fira dagen med att öppna en burk?

> – Nu tror jag att jag vågar. Du verkar inte ha tagit någon större skada av hundmaten, åtminstone inte fysiskt.

– Vad menar du?

> – Nu är även jag hungrig, nu går vi till restaurangen.

10

– Är tegelbruket som du började jobba på i Iran samma ställe som där du anklagats för att ha mördat din arbetsgivare?

– Ja, det är det.

– Kan du berätta vad som hände och varför du misstänks för mordet?

– Det var ett väldigt tungt arbete där på tegelbruket men jag tjänade trots allt mer pengar än vad jag gjorde av med. Jag kunde regelbundet skicka hem en del av min lön till min far.

– Jobbade du och din kusin tillsammans?

– Ett tag i början gjorde vi det, vi till och med bodde i samma barack. Efter ett par månader råkade han tyvärr ut för en olycka som gjorde att han inte kunde fortsätta arbeta. Han fastnade med ena armen i ett transportband så illa att armen helt trasades sönder. Han skickades tillbaks till Afghanistan och det sista jag hörde om honom var att han blev en tiggare på gatorna i Kabul. Jag själv fortsatte på tegelbruket och jobbade där i drygt två år innan jag var tvungen att fly.

– Vad hände?

– Som illegal gästarbetare i landet kunde jag inte skicka hem pengar via en vanlig bank, men min arbetsgivare hjälpte till med en annan lösning. Han hade sina speciella kontakter och såg till att det varje månad skickades ett kuvert med dollarsedlar till min far. I kuvertet la jag alltid med ett brev där jag skrev hur jag hade det, men jag berättade aldrig hur hårt arbetet var eller hur uselt vi blev behandlade. Jag ville ju inte göra min far ledsen. Eftersom min far var analfabet så var det en man i byn som läste upp breven för honom och som också hjälpte min far att skicka dikterade svarsbrev tillbaks till mig. Det var alltid skönt att kunna läsa att han trots allt hade det hyfsat bra där hemma.

– Det förstår jag.

– Efter två år kom det en ny gästarbetare som hade gått i samma skola som jag. När vi började prata så beklagade han min fars död. Jag blev naturligtvis chockad … jag visste ju inte. Det visade sig att min far hade dött redan tre månader efter att jag hade åkt till Iran.

– Oj, så djävulskt! Så du fick inte reda på att han hade dött och du fortsatte att skicka pengar. Vem la beslag på dina pengar och vem skrev fejkade svar från din far?

– Det undrade jag också. Jag gick direkt upp till min arbetsgivare på hans kontor och bad upprört honom förklara hur det hela låg till. Han sa att han genast skulle undersöka saken men sa också att det måste vara någon i min hemby som lurat mig.

– Trodde du på honom?

– Nej, och det jag inte visste då var att en av hans döttrar hade råkat höra vårt samtal och hon hade också hört min arbetsgivare ringa någon direkt efter att jag hade lämnat kontoret. I det samtalet hade hon hört att hennes pappa sagt att jag antagligen kommit på vad de gjort och att jag därför måste röjas ur vägen på något sätt. *"Du får se till att han försvinner för gott"*, hade hennes pappa sagt till den han pratat med i telefonen.

– Fy vad hemskt! Berättade hon det där för dig?

– Ja, dottern kom och knackade på dörren till vår barack sent samma eftermiddag och bad mig komma ut för att prata. Hon berättade vad hon hört och sa till mig att genast ge mig av för att annars var hon övertygad om att jag skulle dödas. Hon sa också att jag absolut inte fick berätta för någon om vad hon hört och vad hon sagt till mig. Då slår min pappa ihjäl mig, sa hon.

– Starkt gjort av henne att ändå berätta för dig. Mycket modigt.

– Ja, men hon var faktiskt ännu modigare.

– Hur då? Vad menar du? Berätta.

– Jag sa till henne att jag inte kunde åka utan att få tillbaks pengarna som hade stulits från mig och då sa hon att hon kanske skulle kunna ordna detta.

– Kunde hon det?

– Sent samma kväll kom hon än en gång till vår barack och bad mig komma ut.

– Hade hon pengarna?

– Hon lämnade över ett tjockt kuvert med en massa dollar-sedlar och berättade att hon hämtat pengarna ur sin pappas kassaskåp. Jag sa att jag var förvånad över att pappan hade gett henne tillgång till kassaskåpet och då sa hon att det hade han inte heller gjort. Hon hade riggat upp sin mobil, väl dold nära kassaskåpet, snett från sidan, så att den i hemlighet kunde spela in på video hur pappan slog in siffrorna på knappsatsen. Turligt nog hade pappan öppnat skåpet innan minnet på hennes mobil blev fullt.

– Hon var smart. Men att hon tordes …

– Så fort jag fått pengarna smög jag iväg från tegelbruket och den natten halvsov jag i ett uthus nära ett café där last-bilschaufförerna brukar äta. Nästa dag låg jag gömd i lasten på en långtradare på väg till hamnstaden Bandar Abbas. Jag hade hört föraren berätta för en annan att han skulle köra dit.

– Visste chauffören att du låg gömd där?

– Nej, men jag var naturligtvis beredd att försöka muta honom om han skulle upptäcka mig.

– Var det mycket pengar i kuvertet?

– Nästan 5000 amerikanska dollar!

– Oj, var det verkligen så mycket pengar som din arbetsgivare hade lurat av dig?

– Nej, men jag tror att hans dotter tog alla dollar som hon hittade i kassaskåpet.

– Hur många timmar tog resan?

– Ungefär 12 timmar och chauffören körde i ett streck med bara två korta pauser. Jag hade tagit med mig två flaskor med vatten så jag kunde stanna kvar på flaket under hela resan.

– Kunde du klara 12 timmar utan att gå på toaletten?

– Nej, men jag behöver väl inte berätta alla detaljer för dig.

– Vad gjorde du när du kommit fram till … vad sa du att staden hette?

– Bandar Abbas. Långtradaren stannade nere vid hamnen så där hoppade jag ut. Vid kajen låg ett fartyg som nyligen hade anlänt med en rislast från Pakistan. Efter lite förhandlande med kaptenen så var det klart att jag kunde få följa med på båtens returresa till en pakistansk hamn.

– Vad fick du betala?

– Han gick med på 300 dollar. Han ville ha lite extra eftersom jag saknade pass. Kaptenen gillade att jag kunde betala med amerikanska dollar så det var inga problem att få följa med.

– Du kanske hade tur också att just där och då möta en så tillmötesgående kapten?

– Ja, jag tror det, jag hade tur hela tiden under min flykt. Båtresan till Gwadar i Pakistan tog två dygn och bussen vidare till Karachi tog cirka 8 timmar. Allt gick faktiskt helt utan problem.

– Så turen höll i sig?

– Ja, när jag kommit fram till Karachi i Pakistan så träffade jag på afghanska flyktingar som hjälpte mig att skaffa nödvändiga identitetshandlingar och flygbiljetter.

– Förfalskade ID-handlingar?

– Ja, tyvärr. Jag vet att det är fel men vad ska man göra när man fruktar för sitt liv? Återigen så var det till stor hjälp att ha en massa dollar så efter drygt tre veckor från att jag lämnat tegelbruket utanför Esfahan så klev jag av flyget på Arlanda.

– Var det första gången du flög? Det måste ju ha varit en speciell upplevelse.

– Ja, första gången var från Karachi till Istanbul och andra gången var från Istanbul till Stockholm. Det kändes både otäckt, spännande och härligt på samma gång.

– Varför valde du att resa just till Sverige?

– Jag kom ihåg att läraren på min skola en gång sagt att han drömde om att någon gång i framtiden kunna flytta till Sverige. Då måste det ju vara ett bra land.

– Vet du hur det gick för dottern till tegelbruksägaren?

– Nej.

– Jag tror inte att det gick så bra. Tyvärr gick det nog inte alls bra.

– Varför säger du så? Vet du något? Berätta!

– Jag har försökt ta reda på varför du för länge sedan dömdes till döden i Iran och myndigheterna där skickade mig en kopia på polisens rapport. Där skriver man att en övervakningsfilm från fabriksägarens kontor visar hur du under pistolhot tvingar din arbetsgivare att öppna kassaskåpet och att du sedan kallblodigt skjuter ihjäl honom. Det står också att man råkade radera filmen när man skulle göra en kopia till rättegången, men den lokala polisen hade hunnit titta på filmen och sett hela händelseförloppet. Deras vittnesmål påstås ha övertygat domaren.

– Vilka lögnare! Dottern då, står det något om henne i rapporten?

– Ja, det står att man hittade henne drunknad på botten av familjens pool. Man antog att hon hade sett dig nära brottsplatsen och när du upptäckte henne ansåg du att hon behövde tystas och därför dränkte du henne.

– Herregud vad de har hittat på. Jag är alltså anklagad för två mord där nere. Varför har de ljugit ihop det där?

– Jag vet inte. När de hittade henne hade hon enligt polisrapporten på sig sin skolväska, fylld med tegelstenar.

– Stackars flicka. Jag får skuldkänslor. Vad ställde jag till med när jag sa att jag inte ville åka utan mina pengar? Vet man vem som egentligen sköt min arbetsgivare och vem som dödade dottern?

– Nej, men man kan ju undra ...

– Så hemskt ... hon räddade kanske livet på mig och fick betala med sitt eget. Varför gjorde hon det? Det här blev väldigt jobbigt att ta in. Usch, jag känner både skuld och tacksamhet.

– Jag tycker inte att du ska ta på dig någon skuld, den ska du lägga på hennes far, det var han som lurade dig ...

– Ja, men ändå ... stackars flicka.

11

– Du berättade tidigare att dina föräldrar för några år sedan drunknade i New York och att det var tusentals andra som dog samtidigt.

– Ja, det var över 8000.

– Hur reagerade världen på den katastrofen? Påverkades människors syn på allvaret i klimatförändringarna?

– Nu drabbades ju jag personligen väldigt hårt av det som hände där, men ur en global synvinkel så var det faktiskt inte en speciellt stor katastrof. Det har varit åtskilliga mycket större runt om i världen både före och efter den översvämningen.

– Oj, berätta.

– USA hade till exempel en mycket dödligare katastrof strax norr om Los Angeles ett par år tidigare. Efter flera månader utan regn och med extrem hetta så var det en stor skogsbrand som på grund av kraftiga vindar utvecklades till ett system av enormt kraftiga eldstormar som svepte in över bland annat Pasadena, Glendale, Burbank och Santa Monica. Det här är områden som jag mycket väl känner till eftersom jag en gång i tiden läste några kurser vid ett universitet i Santa Barbara, alldeles i närheten.

– Vad var det för kurser?

– Det var kurser i skrivteknik eftersom jag ville lära mig att skriva för olika typer av media. Eldstormarna kom med sådan hastighet och kraft att väldigt få hann fly undan. Många hade satt sig i sina bilar för att försöka köra ifrån elden men fastnade i bilköer och då hann elden ikapp. Eftersom en stor andel av bilarna var självkörande och deras kommunikation med överordnade trafiksystem hade kollapsat på grund av utslagna radiobasstationer så gjorde dessa fordon vansinniga vägval. Bilarna fick ingen helhetsbild av trafiksituationen. När man via satellitbilder i efterhand analyserat vad som hände så kunde man se att väldigt många självkörande fordon bara körde runt, runt.

– Oj, var det många som dog?

– Ja, det var drygt 30.000 som förolyckades i dessa bränder. Eldstormarna slukade allt syre så de flesta dog direkt av syrebrist och kvävdes innan deras kroppar brändes av elden. De som klarade sig var främst de som hade tillgång till skyddsbunkrar eller överlevnadskapslar och de som hade möjlighet att ta sig förbi de igenkorkade vägarna. Motorcyklar och andra snabba tvåhjulingar räddade en del. Många kunde också rädda sig genom att ta sig ut i havet. Men även andra delar av världen har blivit hårt drabbat av dödliga bränder som dödat tiotusentals människor. Europa, Australien, Indonesien, Indien och Brasilien är bara några exempel.

– Och hur har det varit med andra typer av klimat-katastrofer i resten av världen?

> – I Kina var det en jättelik damm som brast efter att månadslånga regn fyllt dammen till bristnings-gränsen och sedan kom det en kraftig jordbävning som försvagade dammen så svårt att den plötsligt kollapsade. Över en halv miljon människor dödades nedströms av vattenmassorna.

– Så fruktansvärt. Vilka enorma dödstal.

> – I Indien, Pakistan och Bangladesh har även där 100.000-tals människor dött av översvämningar. I stora delar av Sydamerika härjar dödliga sjukdomar, framför allt helt nya varianter av denguefeber, varianter som man ännu inte har lyckats få fram något fungerande vaccin mot och det finns inte heller någon effektiv behandling. Man tror att dessa nya och extremt dödliga sjukdomar triggats av kollapsen i det inre av Amazonas.

– Tänk vad vi människor har ställt till med.

> – Ja, och klimatförändringarna har ju också gjort att antalet jordbävningar ökat och att de dessutom blivit allt kraftigare. Stigande havsnivåer påverkar tydligen spänningarna mellan kontinentalplattorna. Dödstalen vid jordbävningar har skenat trots att man blivit mycket bättre på att förvarna och att nya byggnader byggts för att stå emot kraftiga skalv. Under de senaste decennierna har jordbävningar säkert tagit flera miljoner människors liv.

– Skrämmande! Vilken katastrofal värld du målar upp.

– Jag målar inte upp något. Det är ju den hemska verkligheten och jag kan berätta mer. Afrika är förmodligen den kontinent som drabbats allra hårdast. Åtskilliga miljoner människor har dött på grund av ett klimat som inte längre följer normala mönster. Årtionden av missväxt har gjort att man inte längre kan odla på det sätt som man tidigare gjort och boskapen dör när det varken finns tillräckligt med vatten eller mat. Svältkatastroferna har avlöst varandra.

– Att det skulle bli stora problem med det framtida klimatet hade jag förstått, men att det skulle bli såhär fruktansvärt …

– Sammantaget är det ofattbart många människor och djur runt om i världen som mist livet på grund av de extrema klimatförändringarna under de senaste decennierna.

– Man får ju nästan panik av allt det du nu berättat. Finns det inget hopp? Är detta slutet för mänskligheten?

– Jodå, det finns hopp. Det var alla dessa katastrofer som till slut fick världens befolkning och dess ledare att inse att vi tillsammans har *en* huvudfiende och det är de drastiska klimatförändringarna. Vi kan inte längre slösa resurser på krig mellan stater när vi har en sådan enormt dödsbringande fiende. Det var denna insikt som gjorde att FN idag har fått en helt annan roll än tidigare.

– Förstår alla hur allvarligt läget är?

– Nej, långt ifrån alla. Människor reagerar på olika sätt. För en tid sedan började jag skriva på en artikel om detta men den är ännu inte klar. Jag försökte åskådliggöra de olika förhållningssätten med en något förenklad modell som jag kallade ZEPREA. Jag ska se nu om jag kommer ihåg nu vad bokstäverna i ZEPREA stod för.

Första bokstaven "Z" är för *Zombierna*. Det är de "levande döda" som inte förstår eller inte vill förstå hur allvarligt klimathotet är. Man bara lullar på som vanligt.

Nästa bokstav "*E*" står för *Egoisterna*. Det är de som förstår läget men som vill fortsätta att leva sina bekväma liv så länge det går, utan att bry sig om hur skadligt det är för andra, för miljön och för klimatet. Att deras sätt att leva är ohållbart och förstör för kommande generationer struntar man i.

Tredje bokstaven "P" står för *Pessimisterna*. Dessa förstår det allvarliga läget men tror inte att det är något som man kan påverka. "*Det går åt helvete men det är inget jag kan göra något åt så därför gör jag inget*", resonerar man.

– Att vissa ska vara så förbaskat negativa. Världen skulle vara bra mycket bättre om folk använde sin energi till att ändra på det som är dåligt än till att klaga.

– Nästa bokstav "R" kopplade jag till en grupp som jag kallar *Realisterna*. Det är de personer som också förstår allvaret men tror att det i princip är omöjligt att vända skutan. De är inriktade på att bromsa utvecklingen och samtidigt förbereda sig för den annalkande katastrofen. De har ett förhållningssätt som man skulle kunna beskriva som palliativt, alltså en slags vård i livets slutskede. Mental träning, medicinering och andra verktyg används för att lindra klimatångesten.

Nästa "E" står för *Extremisterna*. Här finns bland annat vissa religiösa grupper där en del till och med ser positivt på klimatkatastroferna. Dessa grupper vill inte göra något för att försöka stoppa utvecklingen. De tolkar läget som att slutet är nära och att deras Gud snart ska komma ner till jorden och räddar alla troende. Tack och lov är detta en grupp som är på kraftig tillbakagång. Andra grupper av extremister anser att världen är överbefolkad och att detta är orsaken till alla problem. Man vill aktivt och snarast se till att vi blir betydligt färre. Vissa extremister har till och med, hemska tanke, avslöjats med att förbereda folkmord.

– Är det sant? Jag trodde mänskligheten hade kommit så långt i sin utveckling att folkmord enbart hörde till historien. Är det någon bokstav kvar nu?

– Ja, sista bokstaven "A" står för *Aktivisterna* som nu är den dominerande och snabbast växande gruppen. *Aktivisterna* ser att det trots allt finns hopp för mänskligheten om vi aktivt tillsammans anstränger oss för att göra världen mer hållbar. Här har AI-baserade beslutsstöd och framtidssimulatorer också hjälp till att visa på möjliga vägar och inspirera till aktiv handling. Jag själv tillhör självklart *Aktivisterna*.

– Berätta mer om *Aktivisterna*! Det måste finnas hopp. Ger alla upp så går det ju garanterat åt helvete.

– Ja, men kan vi inte ta en paus först. Jag tycker att det varit jobbigt att beskriva allt elände som varit. Kan vi inte ta lunch och fortsätta efteråt? Då kan vi prata om allt positivt som är på gång.

– Jovisst. Gärna.

– Vad vill du ha till lunch? Är det något speciellt som du är sugen på?

– Idag tror jag att jag tar en dagens.

– Jag med, den var bra senast. Vad vill du dricka till? Har du någon favoritdryck?

– Det är svårt att välja … jag tror jag tar vatten.

– Jag med. Kom så går vi till restaurangen.

12

– Så där Fredrik, då var man mätt och belåten igen.

– På riktigt, är du verkligen mätt och belåten?

– Nej, men jag kan ju säga såhär; jag är mer mätt än belåten. Hundmaten är inte så hemsk som jag först trodde att den skulle vara så jag kan faktiskt äta mig mätt, men det är mycket annat att fundera över som gör mig både ledsen, bestört och bekymrad.

– Vad är det du tänker på?

– Just nu funderar jag mycket på vad som hände på tegel-bruket. Vem var det som egentligen sköt ägaren? Fanns det en övervakningsfilm och vad visade den? Kan filmen trots allt finnas kvar? Vad var det som egentligen hände dottern och var det jag som på något sätt orsakade hennes död?

– Jag sa ju att du inte skulle ta på dig skulden, det är ju inte du som gjort fel.

– Du då Fredrik, vad tänker du på?

– Jag tänker väldigt mycket på vad som kan ha hänt där uppe. Hur gick det för Sara? Hur gick det för alla andra? Vad var det som orsakade ljusskenet? Var det något som hände här lokalt eller är det någonting som är en del av något större? Det är mycket som oroar. Jag funderar också på om vi ska försöka ta oss ut och i så fall när.

– Jag tycker vi väntar ett tag till, för säkerhets skull.

– Ja, det kanske är bäst så.

– Fredrik, du sa innan vi åt, att det också finns en hel del positivt och hoppingivande att säga som rör klimatet och världsläget. Kan vi inte ta det nu?

– Okej. Det allra viktigaste är den globala insikten om att läget är akut och att alla tillgängliga resurser måste användas för att försöka vända utvecklingen. Vi har dessutom äntligen fått ett FN som kan agera kraftfullt och som verkligen också gör det.

– Men vetorätten då? Stormakterna och då främst Ryssland, Kina och USA brukar ju ibland använda vetorätten för att sätta stopp för viktiga beslut.

– Vetorätten är borttagen. Den var ett stort hinder för att snabbt kunna agera för en säkrare och bättre värld.

– Hur gick det till? Hur kunde stormakterna gå med på att släppa ifrån sig den?

– Det är faktiskt något som växt fram inifrån länderna själva. Det blev ett starkt folkligt krav, faktiskt först i Kina och sedan följde de andra länderna efter.

– I Kina? Det var förvånande, Kina är ju, eller har åtminstone varit, auktoritärt styrt och folkens vilja har man ju inte tidigare märkt av så mycket. Människorna har ju inte vågat yttra sig fritt, eller hur? Regimkritiker brukar ju ses som fiender till staten, fiender som måste tystas.

– Det där har också i grunden förändrats. En demokratiseringsvåg har svept fram över världen, även i Kina, i Ryssland och i många andra länder som tidigare varit auktoritärt styrda.

– Oj, vad är orsaken till den demokratiska utvecklingen?

– Det är mycket tack vare Confidonet. Människor har fått tillgång till information som på ett ganska så korrekt sätt beskriver hur världen egentligen ser ut.

– Confidonet, vad är det för något?

– Det påminner användarmässigt om det internet som var så dominerande förr, men i det nya nätet kan man nästan till 100 procent lita på att informationen är korrekt. Inte helt och fullt, men nästan. Det var all falsk information som skapades med hjälp av AI på 2020-talet som drev på utvecklandet av Confidonet. På den tiden kunde man ju inte lita på mycket av det som fanns på internet, inte på texter, bilder, röster eller filmer … egentligen inte på något alls. Det var väldigt svårt att skilja på vad som var sant och vad som var falskt. Det spreds enormt mycket fejkad information och det fanns många krafter som hade onda avsikter, både politiska och ekonomiska.

– Vem utvecklade Confidonet och vad är det som gör att man törs lita på det? Går det verkligen att ta fram system som inte har några som helst säkerhetsbrister?

– Confidonet utvecklades först inom universitets-
världen som ett globalt samarbetsprojekt och
gjordes med öppen källkod. FN insåg snabbt
fördelarna och stöttade tidigt den fortsatta ut-
vecklingen. Det gamla internet finns fortfarande
kvar, men har försetts med varningsmeddelanden
när misstänkt felaktig information visas och det
kryllar av sådana varningar. De flesta föredrar
nuförtiden Confidonet. En anledning är att där
behöver man inte vara så rädd för falska nyheter,
försåtlig propaganda, bedrägerier och andra former
av lurendrejeri.

– Vad kännetecknar det nya nätet? Vad är det som gör det
så säkert?

   – En viktig del är att den som lägger upp in-
formation eller skickar meddelanden har en veri-
fierad identitet och kan alltså inte vara anonym. Man
använder noggranna och säkra processer för iden-
titetsverifikation. Man har också olika mekanismer
för verifiering av innehåll och dessa filtrerar ut falsk
eller vilseledande information. AI-algoritmer ana-
lyserar nytt innehåll och granskar det mot trovärdiga
källor. Dessutom används starka krypterings-
mekanismer så att innehåll inte ska kunna för-
vanskas på vägen.

– Det där låter ju faktiskt ganska så bra, men är det ingen
risk att vi har fått ett otäckt övervakningssamhälle där
ingen törs kritisera och ifrågasätta makten?

– Det finns fortfarande många sätt att uttrycka sig anonymt men på Confidonet framgår det då tydligt att informationen i detta fall kommer från en icke-verifierad användare.

– Men om FN nu har blivit så starkt, är det inte lite otäckt att ha en överstatlig organisation som styr det mesta? Har vi nu fått ett kontrollsamhälle där myndigheterna har fullständig koll på allt vi gör. Lever vi i ett "Storebror-ser-dig-samhälle"?

– Visst är det på sätt och vis ett kontrollsamhälle men jag tycker det är mycket bättre än det var tidigare. Nu har vi ett stort antal demokratiska stater, som tillsammans och enligt demokratiska principer bestämmer i FN. Enstaka ickedemokratiska länder och maktgalna ledare kan inte längre som förr hålla resten av världen som gisslan och till exempel använda kärnvapenhotet för att behålla sin makt.

– Apropå det, hur har det gått med exempelvis Nordkorea? Hur är relationen mellan Nordkorea och Sydkorea?

– Korea är inte längre uppdelat. Vi har bara ett Korea, ett fritt och demokratiskt Korea. Det finns inte längre några diktaturstater som sätter krokben för resten av världen.

– Har det gått fredligt till att avskaffa diktaturerna eller har man behövt använda våld?

– I viss mån har man behövt använda militärt våld, men eftersom FN skapade en stark virtuell försvarsmakt av alla medlemsländers gemensamma militära resurser, så blev den så stark att problemstater snabbt blev chanslösa. FN har också framgångsrikt använt sig av principen att alla konfliktområden har gjorts till internationellt territorium under FN-beskydd. Ibland har sådana områden efter längre perioder av lugn, åter kunnat omformats till eller knytas till traditionella stater och då vanligtvis efter att fria demokratiska val har genomförts.

– Hur är det med militärallianserna som NATO och den där asiatiska alliansen där Kina, Ryssland och Indien ingår? Vilken roll spelar de idag?

– Alla de där allianserna är upplösta. Historiskt spelade de en viktig roll men alla stora militära resurser ligger nu under FN:s kontroll.

– EU, hur är dess roll idag? Har den förändrats?

– Samma sak där, EU hade en viktig roll under ett antal år men nu är den organisationen upplöst och det är FN som gäller. EU utvecklade sig till en "rikemansklubb" som i för stor utsträckning värnade om sina egenintressen och det blev ohållbart i längden.

– Det där låter ju också som en hoppfull utveckling.

– Den största fördelen är att världens totala utgifter för krig och konflikter har kunnat minskas rejält.

– Fantastiskt!

– Dessa ekonomiska resurser har istället kunnat användas för att försöka hantera klimatproblemen. Dessutom har ju de forsknings- och utvecklingsresurser som tidigare använts inom vapenindustrin nu kunnat styras om till klimatområdet. Ytterligare mänskligt tankearbete har på så sätt nu börjat användas till något mycket mer väsentligt. Man kan säga att världen tagit sitt förnuft till fånga och börjat prioritera på ett betydligt vettigare sätt än tidigare.

– Hur har vapenindustrin reagerat? Där är det väl många som anser sig vara förlorare?

– De har fått finna sig i detta och styra om sin verksamhet eller i vissa fall fått lägga ner. FN har också förbjudit privata investeringar i företag med militär inriktning. Historiskt har det visat sig att riskkapital till och med vid några tillfällen medvetet har triggat igång väpnade konflikter för att försöka öka värdet på sina investeringar. Det går inte längre att köpa aktier i företag knutna till vapenindustrin. Det går inte längre att tjäna pengar på död och förintelse.

– Fredrik, du sa tidigare att det har varit en demokratiseringsvåg som gått runt om i världen. Berätta mer om den? Jag har ju upplevt världen som djupt odemokratisk och utvecklingen har ju tidigare i många fall gått åt helt fel håll. De rika och starka har använt sin styrka för att göra sig ännu mäktigare på de svagas bekostnad.

– Framför allt är det ju insikten om att klimatläget är väldigt allvarligt och att något måste göras. Alla har märkt av konsekvenserna av de stora klimatförändringarna och det har skapat ett stort politiskt engagemang hos väldigt många, på alla nivåer och runt om i världen. Tillgången till vederhäftig information via Confidonet och via olika oberoende nyhetskanaler har spelat stor roll. FN:s satsningar på förbättrad allmän skolundervisning runt om i världen har också varit viktig. Många länder har också gjort som i Sverige, att man tagit bort specifika valdagar med flera års intervall mellan valen, och istället infört individuella årliga val. I Sverige har du till exempel möjlighet att på din födelsedag, plus minus 30 dagar, varje år rösta på de partier och de individer som du vill ska företräda dig i politiska församlingar. Detta minskar risken för att kuppartade politiska utspel eller överdrivna och ibland falska vallöften ska kunna påverka valresultatet.

– Men hur sker politiska maktskiften?

– När vissa tröskelvärden i röstfördelningen har passerats och dessutom viss tid har gått, kan maktskiften ske. Man vill ju inte att det politiska styret ska vara alltför turbulent och man har därför infört den typen av tröghet i systemet.

– Tack Fredrik för denna utmärkta lektion i den nya politiska verkligheten. Det verkar trots allt finnas ett visst hopp för mänskligheten. Men nu behöver jag faktiskt besöka toaletten. Jag tror att hundmaten passerat systemet.

13

– Du Fredrik, jag har funderat en hel del på det där ljusskenet som du berättade om.

– Okej, hur går dina tankar?

– Jag är ganska säker på att det kom från en kärnexplosion.

– Att det är fullt möjligt att det kan ha varit en sådan som orsakade ljusskenet, det kan jag hålla med om, men vad är det som gör dig säker eller nästan säker på att det just var en kärnexplosion? Jag tror att det även kan finnas andra förklaringar.

– Men eftersom både din ComU och min fotboja inte längre fungerar så var det förmodligen en elektromagnetisk puls som förstörde dessa. Kärnvapen ger ju ifrån sig en sådan puls. I stugan läste jag en bok som handlade om kärnvapenhotet och i den beskrivs bland annat effekterna av EMP, elektromagnetisk puls. Den kan ju tydligen slå ut elektronik på mycket långt avstånd.

– Hur vet du att din fotboja inte längre fungerar? Jag märkte att du hade en sådan på dig när jag drog dig ut ur hissen och Sara ropade också något om fotboja när hon knuffade in oss, men hur sjutton vet du att den inte fungerar?

– Den fotboja som jag nu har, sätter vakterna på mig varenda gång jag lämnar anstaltsbyggnaden, till exempel när det är dags för en rastpromenad. När man låser fast den runt min ankel så spelar den alltid automatiskt upp samma inspelade varningsmeddelande. Röstmeddelandet säger att om man lämnar tillåtet område eller om man försöker ta av den utan att använda nyckel så kommer ett bedövningsmedel att injiceras i kroppen och göra användaren oförmögen att röra sig. När vi hamnade här nere så borde väl fotbojan ha reagerat och bedövat mig.

> – Aha, det var därför som Sara ropade "*fotbojan*" vid hissen. Hon skulle förmodligen hämta en nyckel så att du inte skulle råka ut för det där.

– Menar du att orsaken till att hon inte kunde följa med oss ner var hennes omtanke om mig, att hon skulle hämta nyckeln?

> – Kanske det …

– Usch, nu får jag skuldkänslor igen.

> – Men vänta nu, det kanske är så att elektroniken i fotbojan trots allt fungerar. Du var ju helt avsvimmad och kunde inte röra dig, du kanske blev injicerad … det kanske inte var smällen mot huvudet som gjorde dig medvetslös …

– Du kan faktiskt hjälpa mig att avgöra om den funkar eller inte funkar.

> – Hur då? Jag kommer inte att försöka ta av dig den.

– Nej, nej ... det finns ett annat sätt. Det sitter en testknapp vid låset. Trycker man in knappen så ska en LED-lampa blinka till några gånger. Jag har hört vakterna nämna det. Själv har jag ju av förklarliga skäl aldrig sett något blinkande. Ge mig din hand så ska jag visa var knappen sitter?

> – Nu har jag hittat den. Jag trycker och trycker men inget händer.

– Prova att hålla den intryckt en längre stund.

> – Den blinkar ändå inte.

– Där har vi svaret, det måste ha varit en kärnexplosion.

> – Kanske det, men det finns också annat som kan ha slagit ut elektroniken.

– Vad då?

> – Hissen bromsades upp av väldigt kraftiga permanentmagneter, bromsarna måste ju fungera även om elen är utslagen. Sara har berättat hur det hela fungerar. Hon berättade också att när hon själv fick testa hissen en gång, så slutade hennes ComU att fungera, den blev utslagen av magneterna. Känslig elektronik ska tydligen placeras i en speciell elektroniskt avskärmad låda i hissen. Någon sådan låda la jag inte märke till när vi hoppade in. Då tänkte jag inte ens på att hon tidigare hade berättat om den. Allt gick ju så himla fort.

– Okej, då kanske jag inte kan vara så säker på det där med kärnexplosion?

14

– Du Rashid, jag har tänkt på en sak. När vi kommer ut härifrån …

– Om (!) vi kommer ut härifrån …

– Du som brukar vara så positiv, men okej då … Om (!) vi kommer ut, så tror jag inte att det kommer att vara speciellt svårt att visa att du är oskyldig till terrordådet i Norge och dessutom bör du bli friad från alla misstankar om mordet eller morden på tegelbruket. Det kommer då att bli aktuellt med en upprättelse samt ersättning för att du varit frihetsberövad i så många år för något som du inte har gjort. Du kommer att få en rejäl kompensation.

– Vad bra, då kan man göra mig 20 år yngre, återuppväcka Marie från det döda och ge mig nya ögon.

– Allt det där blir nog svårt, men förutom en ekonomisk ersättning, skulle du vilja ha synen tillbaka?

– Vilken fråga! Självklart, men det är ju omöjligt. Det finns inget kvar av mina ögon, absolut ingenting. Menar du att man ska ge mig transplanterade ögon från någon avliden eller från något stackars djur? Kanske kan man hitta ett par fattiga donatorer som vardera kan vara villiga att sälja mig ett av sina ögon? Nej tack, då fortsätter jag hellre att vara blind.

– Inget av det där är aktuellt, det har visat sig vara extremt svårt att transplantera hela ögon trots alla andra framsteg som gjorts inom det transplantationstekniska området. Det finns bättre metoder för att försöka ge dig synen tillbaka.

– Och hur skulle det då gå till?

– Det här är en teknik som redan finns och fungerar. Man opererar in ett stort antal tunna elektroder i syncentrum i hjärnbarken, längst bak i nacken. Den blinda personen bär glasögon med två digitalkameror för att möjliggöra djupseende eller stereoseende som man ibland säger. Kamerorna skickar bildinformationen till ett implantat nära syncentrum i nacken. Implantatet omkodar informationen från kamerorna till ett individanpassat mönster av elektriska impulser som går ut till elektroderna. Hjärnan tolkar dessa signaler som bilder. Elektrodernas exakta placering i hjärnbarken är viktig och den operationen görs med hjälp av en precisionsrobot. Synträningen som följer efter operationen sker med avancerat AI-stöd. I det inopererade implantatet ligger sedan den individanpassade översättningen av kamerornas signaler till det mönster av impulser som går ut i hjärnbarken.

– Oj, vilken detaljerad beskrivning. Hur kommer det sig att du kan så mycket om den där tekniken? Jag är imponerad över dina kunskaper.

– En barndomsvän till mig arbetade för många år sedan som minröjare. På ett uppdrag för FN:s räkning nere i Somalia hände det som inte får hända. Trots alla försiktighetsåtgärder exploderade en mina rakt i hennes ansikte och sprängkraften var så stor att skyddshjälmens visir sprack och hon förlorade synen på båda ögonen. För två år sedan genomgick hon en sådan där operation och hon har nu hyfsat bra synförmåga. Trots sitt handikapp är hon en av de mest levnadsglada personer jag känner.

– Så det där funkar alltså på riktigt?

– Absolut, det har funnits i några år nu och det finns tusentals användare runt om i världen. Visserligen funkar det än så länge bäst bara i svartvitt och upplösningen är inte speciellt hög, men det funkar. Användarna kan orientera sig och röra sig relativt obehindrat ute i samhället, läsa tidningar och böcker, titta på film, surfa på nätet m.m. och även hyfsat lätt känna igen personer man möter.

– Imponerande!

– Dessutom finns det vissa fördelar jämfört med vanligt mänskligt seende.

– Jaså, vad då?

– Du har autofokus, du kan ha ljusförstärkande kameror så ditt mörkerseende blir bättre än för normalseende personer och du kan ha röststyrd zoom.

– Rena spiongrejorna. Finns det några risker med den typen av operation?

> – Risker finns det väl alltid. Jag tror inte de är så stora och dessutom kanske de är värda att ta om man kan få synen åter, eller hur? Jag kanske skulle kunna ordna så att du får träffa min barndomsvän. Då kan hon dela med sig av sina erfarenheter.

– Det vore intressant … om vi nu någonsin kommer ut härifrån.

> – Rashid, det är viktigt att tänka positivt och aldrig ge upp.

– Min hjärna har ju även fått andra skador efter attacken. Det var inte bara ögonen som förstördes när jag blev skjuten. Tål min hjärna ytterligare åverkan?

> – Det där kan inte jag svara på. Jag har inte tillräckliga medicinska kunskaper.

– Sedan är det ju också frågan om man verkligen vill ha synen tillbaka, det beror ju på hur det ser ut där uppe eller där ute.

> – Hur menar du?

– Vill man se eländet om allt är förött, om allt vackert i världen är förstört? Har vi haft ett tredje världskrig med kärnvapen? I en bok som jag läste för länge sedan stod det att efter ett sådant krig kommer det att vara så hemskt att de överlevande förmodligen kommer att avundas de döda. Kanske det också blir så att de seende kommer att avundas de blinda?

15

– Rashid, vad är det som låter? Vad gör du?

– Jag försöker öppna ståldörren men jag har ännu inte lyckats vrida runt den nedre ratten. Den är väldigt trög.

– Vänta! Stopp för helvete! Du kan inte egenmäktigt fatta beslut och göra saker som kan utsätta oss för livsfara utan att vi tillsammans diskuterat vilka för- och nackdelar det kan medföra. Det kanske är höga nivåer av radioaktiv strålning, giftig gas eller något annat livsfarligt på andra sidan dörren.

– Det kanske är farligare att stanna kvar här.

– Så kan det vara, men vi måste ju tillsammans diskutera igenom de olika alternativen för att försöka fatta de bästa besluten. Jag kanske har tankar och idéer som du inte tänkt på och du kan komma med viktiga aspekter som jag missat. För att på bästa sätt bedöma olika alternativ så måste vi väl ta tillvara våra gemensamma erfarenheter … vår gemensamma kompetens … eller hur?

– Förlåt. Du har nog rätt. Jag vet inte vad som flög i mig.

– Varför ville du öppna dörren?

– Jag ville undersöka vad som finns på andra sidan.

– Det kanske vi snart behöver göra men just nu tror inte jag att läget är så akut här inne. Om det t.ex. finns radioaktiv strålning där ute så klingar den ju av över tid och då är det bra om vi väntar så länge som möjligt. Varför har du så bråttom? Ser du något skäl till varför vi bör skynda oss ut?

– Nej, egentligen inte. Jag vet inte varför jag fick idén att försöka öppna dörren. Jag kanske bara är frustrerad över vår ensidiga kost. Jag börjar bli rejält less på den där hundmaten. Den ensidiga kosten kanske har gjort så att jag inte längre kan tänka klart.

> – Ibland kan situationer uppstå då man behöva fatta snabba beslut och lita på magkänslan, men om man har möjlighet så är det oftast bättre att ta in så många aspekter som möjligt innan man bestämmer vad man ska göra.

– Ja, det låter ju som en bra idé, men kan det inte ta en ryslig massa tid och energi att göra på det viset? Funderar man för länge så kanske man missar vissa möjligheter. Tåget kanske har gått.

> – Det beror på situationen. Nu för tiden har vi ju ofta AI till hjälp vilket gör det mycket lättare att fatta bra beslut.

– Ja, ja … men inte här och nu. Hur skulle artificiell intelligens i ett annat sammanhang kunna hjälpa oss att fatta bättre beslut?

– Jag kan ta ett exempel. Min farfar var läkare och han jobbade som sådan ända upp i 70-årsåldern. Han blev med tiden ganska så erfaren och när någon kom med ovanliga symptom så kunde han ofta se paralleller till någon av de tusentals patienter han tidigare mött. Han kanske också tog sig tid att titta igenom några sidor av patientens journal och även bläddra i den medicinska litteratur som han hade tillgång till. Han tittade säkert också på aktuella provsvar. Det var på den grunden han kunde försöka ställa en diagnos. En läkare idag använder sig av AI-stöd. Hela patientens journal (som kan vara väldigt omfattande) och massor av provsvar och analyser kan sekundsnabbt jämföras med historiken hos miljontals patienter världen över. Med den grunden och med tillgången till all relevant medicinsk litteratur så kan systemet snabbt ställa en riktigt bra diagnos. Det är en enorm skillnad.

– Men en mänsklig läkare kan ju också se förändringar i patientens hudfärg, sättet att tala och en massa annat.

– Även AI-system kan tolka bilder och ljud.

– Du gillar verkligen artificiell intelligens. När jag var ny i Sverige så var det mycket prat om AI men om jag minns rätt så handlade det mest om problem. Man trodde att AI skulle ta en massa jobb och göra folk arbetslösa. AI hade också börjat användas för att fuska med skolinlämningar så det fanns en rädsla för att skolbetygen inte skulle ge en rättvis bild. Som jag kommer ihåg var det nästan bara problem som man förknippade med AI.

– Var det verkligen så? Hade man en så negativ syn?

– Hur blev det? Blev det massarbetslöshet och "fel" personer som kom in på attraktiva utbildningar?

– I början var det på väg att bli så, men det vände ganska snart. Utmaningarna med klimatförändringarna var och är så stora att man inte kunde acceptera att inte alla människor på något sätt är med och bidrar. Det vore ett oansvarigt slöseri med mänskliga resurser. En gång i tiden kunde man för vissa brott dömas till *samhällstjänst*. Det ordet hade då för många en negativ klang men nuförtiden är samhällstjänst något som alla förväntas göra och i princip också alla gör, åtminstone några timmar i veckan. Har man för tillfället inte ett ordinarie arbete så gör man betydligt fler timmar. Om t.ex. någons arbete automatiseras och försvinner, man blir kanske ersatt av någon slags robot, så gör man samhällstjänst till dess man tar eller får ett annat arbete. Arbetslöshet är något som i princip inte längre existerar. Nu när det finns meningsfull sysselsättning för alla så har brottsligheten också minskat rejält. Det finns liksom inte så stort utrymme för alternativa karriärvägar och då menar jag kriminella karriärvägar.

– Får man betalt för att göra samhällstjänst?

– Nej inte för själva tjänsten men de behovsprövade ersättningar som finns för de personer som inte har tillräcklig egen försörjning är villkorade till att man ställer upp och gör sin plikt mot samhället.

– Och vad händer om man inte ställer upp?

– Det är inte så ofta det händer, men samhället brukar då lösa det från fall till fall. Ibland är det psykiska besvär som är orsaken och då blir det vårdinsatser. I andra fall kan det vara kriminella som inte anser sig ha tid eller lust och då blir det ett fall för polis och rättsväsende.

– Vad kan samhällstjänsten innebära?

– Oj, det finns ett oändligt behov av tjänster som samhället har nytta av. Ett exempel kan vara att man är med och odlar grönsaker till skolor, sjukhus och äldreboenden. Man kanske tar med äldre eller rörelsehindrade på utflykter, man kanske är rastvakt, man kanske kvällsvandrar, man kanske planterar träd, rensar ogräs, rengör solpaneler, …. Det finns så otroligt mycket som behöver göras. Människor mår dessutom inte bra om man inte har meningsfulla saker att göra.

– Kan man vägra att bidra med sådant arbete?

– Vägra? Varför skulle man göra det?

– Låt oss ta ett extremfall, om någon är totalförlamad, då kan man ju inte hjälpa till på det där sättet.

– Nja, jag vet faktiskt en person som är total-förlamad men ändå gör sin samhällstjänst. Det är en kollegas syster som bor i Alingsås. Hon är helt förlamad och kan inte ens prata men hon kan styra en dator med sina ögonrörelser och bland annat skriva texter. Hennes ordinarie arbete är som barnboks-författare och hon skriver helt fantastiska sago-berättelser. Några timmar i veckan gör hon dess-utom samhällstjänst. Hon är med i en grupp som för FN:s räkning utför skogvaktartjänster för ett hotat regnskogsområde i Brasilien. Satellitbilder över området skannas av AI men som komplement hjälper denna grupp också till med att granska bildrutor som man tilldelas. Man spanar efter skogsskövling, bränder eller annat onormalt. Ser hon något misstänkt när hon tittar på en bildruta så blinkar hon på ett speciellt sätt och då är det andra personer som också kollar upp detta område lite mer noggrant och larmar om det behövs. Hon uppskattar verkligen att få vara med och göra något så meningsfullt.

– Men om hon skapar fantastiska sagor så är väl det arbetet verkligen meningsfullt?

– Självklart! Hon har två mycket meningsfulla arbeten. Vid behov hjälper hon även organisationen Missing People med att försöka hitta försvunna per-soner. Då är det oftast drönarbilder hon skannar av. Nyligen hittade hon en liten femårig kille som hade gått vilse i en tät energiskog utanför Örebro. Hon har ett tränat öga.

– Var han vid liv?

– Visst var han det, men han var väldigt ledsen och väldigt hungrig.

– Det här med fusket i skolan då?

– Javisst ja, men betyg är ju helt avskaffade så eventuellt fusk är inget problem.

– Hur sjutton väljer man då ut vilka som ska antas till olika utbildningar?

– Man har antagningsprov och lämplighetsprov till allt, både till högre utbildningar och till jobb. I dessa prov testar man bara det som är väsentligt för just den utbildningen eller just det jobbet.

– Blir det inte ett otroligt mycket testande? Har man verkligen resurser för det?

– Mycket av det som kan klassas som generellt testande hanteras av en oberoende statlig testorganisation och hanteras på ett mycket resurseffektivt sätt med hjälp av AI och robotteknik.

– Vad innebär generellt testande?

– Det kan vara testning av språkkunskaper, fysisk styrka, mental styrka, koncentrationsförmåga, ämneskunskaper inom vissa breda områden som samhällskunskap, matematik, statistik, biologi, programmering, m.m.

– Varför övergav man att använda betyg som urvals-instrument, var det på grund av fuskandet med hjälp av AI?

– Delvis, men det fuskades otroligt mycket även före AI. Sedan sattes också betygen på olika sätt hos olika skolor och det fanns vänskapskorruption och till och med mutor som ställde till det. I en global värld med människor som har gått i skolor i andra länder med andra betygssystem så blev det också svårt att tolka och värdera dessa betyg. Sammantaget blev det helt enkelt ohållbart att förlita sig på betygen som urvalsinstrument. Det är mycket bättre att testa det som är relevant för varje utbildning eller jobb.

– Om man misslyckas på en test, är det kört då?

– Nej då, du får göra om testerna i princip hur många gånger som helst. Människor utvecklas ju, man förkovrar sig, man lär sig nya saker, man får nya erfarenheter, man mognar. Självklart måste man få nya chanser.

– Om man tar en test jättemånga gånger, är det inte då en risk att man klarar sig bara för att man lärt sig svaren utantill?

– Nej då, frågorna och uppgifterna skapas ju i stunden av AI och är unika både för varje testtillfälle och varje individ. Variationerna är i princip oändliga.

– Låter faktiskt som ett bra system.

– Den där statliga testorganisationen har också en annan viktig och mycket värdefull funktion.

– Berätta.

– Organisationen hanterar både vägledning och tester.

– Vägledning? På vilket sätt?

– Den hanterar både studievägledning och yrkesvägledning. Utifrån dina testresultat, dina intressen, din fallenhet för olika saker, m.m. så kan den föreslå lämpliga utbildningar och självstudier samt tipsa om yrkesval.

– Är även detta AI-baserat?

– Självklart, ingen människa mäktar med att ha den nödvändiga överblicken över ett så vidsträckt område för att kunna ge bra tips och riktigt bra rekommendationer.

16

– Rashid, jag har sett ljuset.

– Det där låter nästan lite religiöst. Har du haft en uppenbarelse eller har du kommit på vad meningen med livet är?

– Jag har sett ljuset från din fotboja.

– Oj! När då? Berätta!

– Under din senaste sovperiod så snarkade du så förbaskat att jag själv inte kunde sova. Jag klev upp för att gå och stänga dörren till ditt rum och precis när jag skulle göra det så blinkade det till tre gånger inifrån rummet. Det var ungefär en sekunds paus mellan blinkningarna. Ljuset gjorde att jag kunde urskilja konturerna från rummet och från dig. Jag kunde också se att det var från din fotboja som ljusblinkningarna kom.

– Var det bara tre blink?

– Ja, det var bara tre som jag såg. Jag satte mig på sängen mitt emot din och stirrade i mörkret mot dig … mot dina snarkljud … under minst en halvtimme men jag kunde inte uppfatta några fler blinkningar. Det var bara ett fortsatt totalt mörker. Jag smög också fram och kollade med mina händer att du inte dragit något över foten som skulle kunna dölja ljuset.

– Märkligt, bara tre blink …

– Ja, och under tiden jag satt där så funderade jag på möjliga förklaringar.

– Och vad kom du fram till?

– Det finns något som kallas självreparerande elektronik.

– Vad är det?

– Man bygger in redundans i den tekniska lösningen så att om någon del slutar fungera så är det andra delar som automatiskt tar över funktionen, men den omkopplingen brukar ju gå blixtsnabbt så jag tror inte att det är därför fotbojan vaknade. En annan förklaring skulle kunna vara att din fotboja plötsligt fått kontakt med något nät som triggat dessa blinkningar, men nu gissar jag bara …

– Det kanske var någon form av dödsryckningar när batterierna i fotbojan tog slut.

– Det där låter ju nästan som den mest troliga förklaringen. Efter att ha stirrat i mörkret mot ljudet av dina snarkningar under ganska så lång tid så gick jag tillbaks till mitt rum och försökte nödladda min ComU genom att dra scrollhjulet fram och tillbaka över golvet. Jag höll på tills jag nästan fick kramp i armen.

– Fick du fart på apparaten?

– Nej, den var lika död som förut.

– Fredrik, du sa tidigare att en ComU är enormt mycket mer avancerad än en smartphone.

– Sa jag det?

– Jag tror att du tidigare sa att de nya apparaterna har fått en funktionalitet som är ljusår ifrån vad de gamla telefonerna klarade av.

– Det kanske jag sa …

– Kan du berätta vad som skiljer?

– Jag kan försöka. Framför allt har de blivit mycket bättre på att interagera med den nära omgivningen och med människokroppen.

– Hur då?

– Om du använder en smart-toa, en sådan där som har möjlighet att analysera urin och avföring, så kan analysresultaten i form av hundratalet olika sjukdomsmarkörer kommuniceras till din ComU och bearbetas tillsammans med annan hälsodata som din ComU har koll på. Om systemet upptäcker något onormalt så får du rekommendationer om hur du bör agera.

– Var kan man hitta en sådan där smart-toa?

– Många har en hemma, den är också mycket vanlig på arbetsplatser, hotell och på offentliga toaletter.

– Usch, det där låter läskigt! Vilket intrång i den personliga integriteten! Information om eventuella hälsoproblem kanske man vill behålla för sig själv och en smart toalett måste ju också kunna avslöja om man tagit droger.

> – Det är därför som allt är frivilligt. Du väljer själv om du vill använda en sådan typ av toalett och du väljer själv om du vill aktivera funktionen. Väldigt många tycker att fördelarna överväger nackdelarna. Jag själv har alltid funktionen aktiverad.

– Bra att man kan välja.

> – En annan funktion som jag nästan alltid har aktiverad är röst- och rörelseanalys.

– Vad innebär det?

> – *När* jag talar så analyserar min enhet *hur* jag talar. Om jag t.ex. börjar sluddra så kan det ju eventuellt vara ett tecken på att jag drabbats av en stroke eller något annat hälsoproblem.

– Jag tror inte att jag skulle vilja ha den funktionen. Vad innebär rörelseanalysen?

> – Det är en liknande funktion, den kan trigga ett larm om jag plötsligt har ett rörelsemönster som avviker från det normala. Det kan ju också vara orsakat av något hälsoproblem.

– Jag antar att det är någon typ av AI som bearbetar information om både din röst och dina rörelser.

> – Rätt gissat!

– Jag är inte ett dugg förvånad.

– Jag kan ta ett annat exempel. Om jag kommer in på en restaurang som jag aldrig tidigare besökt så kan min ComU direkt svara på frågor om var toaletterna finns, vad som finns på menyn och om jag är allergisk mot några av rätterna. Den kan också tipsa mig om det på menyn finns någon av mina favoriträtter och om tidigare gäster uppskattat dessa. Är det en uteservering så kan den också varna om det är ett regnväder på gång. Jag behöver alltså inte aktivt söka efter informationen eller ange mina preferenser. Min ComU känner mig, vet vad jag föredrar och har bra koll på omgivningen där jag befinner mig.

– Det låter bekvämt och bra. Du sa att den också kan interagera med människokroppen. Hur då?

– Innan jag beskriver hur det kan gå till, så kanske jag bör nämna att det finns olika typer av ComU-apparater?

– Okej.

– Den jag har med mig nu är en variant man håller i handen eller kan ha i fickan. Den påminner en hel del om de ”antika” smartphones som du förmodligen har erfarenhet av.

– Begränsad erfarenhet tror jag man får säga.

– Sedan finns ju det ju en massa andra varianter med olika storlek och olika egenskaper. En del har en eller flera skärmar, en del saknar skärm och dessa styr man normalt via rösten. Vissa kan man ha runt handleden, andra kan hänga runt halsen som ett smycke eller sitta fast på kläderna som en brosch. Många föredrar att ha sin ComU integrerad med glasögonen. Det finns också varianter som är inopererade i kroppen.

– Oj! Är det alltså de varianter som är inopererade som kan interagera med kroppen?

– Nej, det kan faktiskt alla varianter göra om man har givit sitt tillstånd till det.

– Det där måste du förklara lite bättre.

– För de som vill så kan man få ett antal små elektroniska sensorer inopererade eller injicerade i kroppen.

– Usch, det låter läskigt. Vad är vitsen med det?

– De där sensorerna kan till exempel ha koll på hjärtrytm, blodtryck, kroppstemperatur, blodets syresättning, glukosnivåer och annat som kan larma om man har något medicinskt problem.

– Får man ett meddelande på sin ComU då?

– Så kan det vara men i många fall så skickas först informationen vidare via nätet för en mer avancerad analys.

– Varför det?

– För att göra en riktigt bra analys krävs ibland mer datorkraft och snabbare tillgång till stora datamängder än vad din ComU klarar. Om du är akut sjuk så kan också hjälp skickas till dig, till den position där du befinner dig.

– Man skickar en ambulans?

– Ja, eller en drönare med den typ av hjälp eller stöd som du akut behöver.

– Det hela låter avancerat och dyrt?

– Avancerat kanske man kan säga men detta system med sensorer i kroppen gör faktiskt sjukvården billigare.

– Hur då?

– Genom att tidigt upptäcka medicinska problem så kan man i många fall sätta in åtgärder på ett så tidigt stadium att man senare slipper behöva mer avancerad och därmed dyrare vård. Ett osunt leverne med till exempel dåliga matvanor och alltför mycket stillasittande kan också upptäckas och personen kan få rekommendationer att ändra sina vanor.

– Är inte det där riktigt integritetskränkande?

– Visst är det så, men det är också därför som det är frivilligt att få sådana där sensorer inopererade.

– Den där informationen måste ju vara väldigt intressant för försäkringsbolagen. Här kan ju bolagen se om det är en dålig affär att låta en person teckna en livförsäkring, eller hur? Vissa personer kommer väl inte att kunna teckna någon försäkring överhuvudtaget?

> – Det där med livförsäkringar, sjukförsäkringar och olycksfallsförsäkringar tillhör nästan historien. De flesta länderna har numer ett så bra socialt skyddsnät att du inte behöver några försäkringar.

– Har du en massa sensorer i din kropp?

> – Inte så många. I min släkt är det historiskt flera personer som har fått stroke i tidig ålder så på grund av den ärftliga belastningen har jag ett antal sensorer inopererade i min skalle. Dessa sensorer har viss koll på mina hjärnvågor. Det finns mönster som kan dyka upp vid förstadier till stroke. Händer det mig så får jag en rekommendation om att ta mig till sjukhus för ytterligare undersökningar och förebyggande behandling. Självklart har jag också sensorer för blodtryck, hjärtrytm och kroppstemperatur.

– Måste du in till sjukhus ibland för att byta batterier?

> – Nej, det finns flera sätt att hantera strömförsörjning av inopererad elektronik. Ett sätt är att ladda batterierna trådlöst via induktion. Många nya sängar, bäddar och sittmöbler har laddfunktioner som vid behov automatiskt laddar inopererad elektronik hos personer som ligger eller sitter i dessa möbler.

– Imponerande, men du nämnde att det finns flera sätt.

– Ja! Ett annat sätt är metabolisk energiförsörjning, då kommer energin på ett smart sätt indirekt via den mat du äter. Ett tredje sätt är att ta tillvara energin från dina normala kroppsrörelser. Elektroniken har blivit så strömsnål att det inte behövs så mycket för att hålla den igång.

– När induktion används, utsätts man då inte för en massa elektriska fält som kan vara skadliga?

– Nej då, laddfunktionerna upptäcker exakt var i kroppen elektroniken sitter och skickar välriktade elektromagnetiska fält precis mot rätt punkter och bara i den begränsade mängd som behövs.

– Men om man under en längre tid bara legat i gamla typer av sängar och inte suttit i någon nyare möbel med ladd-funktion, är det inte då risk att elektroniken slutar att fungera.

– Nja, den här elektroniken är ju oftast inte absolut livsviktig och man får också ett tidigt varnings-meddelande när laddningsnivåerna börjar bli låga. Då har man god tid på sig att fixa problemet.

– Man verkar ha tänkt på det mesta.

– Ja, det funkar mycket bra.

– Om någon missbrukar alkohol eller narkotika, upptäcker inte sensorerna också det?

– Det skulle de säkert kunna göra men denna typ av drogproblem har nästan helt försvunnit i samhället.

– Va! Hur har det gått till? Det låter som en helt otrolig utveckling.

– Självklart finns det människor som vill, och ibland kanske till och med behöver fly verkligheten, men nuförtiden finns det gratis hjälp att få.

– Gratis lyckopiller?

– Nej, även här använder man sig av elektronik och AI. Du kan via speciella hjälmar rikta elektromagnetiska pulser mot delar av hjärnan och stimulera olika centra. På detta sätt kan du få effekter som liknar de man tidigare fick av droger som alkohol och olika narkotiska preparat. Dessa hjälmar används också ofta för smärtlindring vid vissa sjukdomstillstånd eller vid förlossningar och vid operationer.

– Kan man också använda hjälmarna för nöjes skull?

– Absolut, det är därför dessa hjälmar ibland kallas för "partyhattar". Fördelen med denna typ av berusning är att du normalt inte drabbas av några otäckt jobbiga "dagen-efter-besvär" eller abstinensproblem. Vissa abstinenseffekter kan uppstå men de är inte alls lika kraftiga som med gamla tiders berusningsmedel.

– Nu fick uttrycket "glad i hatten" en helt ny innebörd för mig.

17

— Fredrik, vet du om att du pratar i sömnen?

    — Aj då, jag vet att jag ibland gjorde det när jag var yngre men jag trodde att jag hade slutat. Vad sa jag? Har jag sagt något dumt?

— Du ropade *Dolores* … *Dolores* och sedan mumlade du något som jag inte kunde uppfatta. Jag vet inte ens vilket språk du mumlade på. Vem är Dolores, är det hon som är din flickvän och som bor på Hawaii? Hon som du aldrig har träffat?

    — Flickvän är kanske att ta i … men Dolores är kvinnan på Hawaii som jag har haft en hel del kontakt med via nätet.

— Jag tycker ert förhållande verkar vara väldigt intressant.

    — Hon har sina rötter i Mexiko men nu bor och jobbar hon på Hawaii.

— Sa du inte förut att hon jobbar med rymdfrågor?

    — Helt rätt. Hon är forskare knuten till Keck3-observatoriet och hennes forskningsområde är livsbetingelser på exoplaneter. Förenklat kan man säga att hon letar efter tecken på någon form av liv på planeter som tillhör andra solsystem än vårt eget.

— Hur kom du i kontakt med henne?

– Jag har alltid varit intresserad av möjligheten till att det kan finnas liv på andra planeter. För länge sedan medverkade hon i ett TV-program som handlade om utomjordiskt liv i universum och hon hade ett namn som av någon anledning fastnade hos mig, Dolores Gonzales.

– Hur gjorde du för att kontakta henne?

– Jag sökte helt enkelt efter hennes namn på nätet och efter ett tag hittade jag hennes mailadress. Det var inte helt enkelt då det finns ganska många med namnet Dolores Gonzalez, men till slut hittade jag en som var astronom och jag antog att det måste vara hon. Jag skickade ett mail där jag berättade om mitt intresse och vem jag var samt ett antal specifika frågor kopplade till innehållet i TV-programmet. Jag hade inte sådär jättestora förväntningar på att få ett svar men efter bara några timmar så kom det ett mycket kort mail från henne.

– Vad stod det i svaret från Dolores? Berätta! Nu blir jag riktigt nyfiken.

– Hon undrade om vi kunde videochatta då hon tyckte att det skulle vara enklare att interaktivt ge mig bra svar på det sättet. Hon föreslog att vi skulle koppla upp oss via Confidonet vilket vi gjorde ganska så direkt.

– Häftigt.

– Det här hände kring midsommar och jag satt och jobbade i en liten stuga, en hytte, som jag hyrt utanför Svolvaer uppe vid Lofoten. Där var det midnattssol och otroligt vackert. Solen sken fast det var sent på kvällen. Samtidigt satt Dolores och åt en tidig lunch på sin veranda på Big Island, Hawaii. Tidsskillnaden är 12 timmar.

– Så hon satt i middagssol på Hawaii och du satt i midnattssol uppe i nordligaste delen av Norge?

– Nja, hos Dolores var det just då ingen sol. Hon bor utanför en stad som heter Hilo och det är en av USA:s regnigaste platser. På Big Island finns det en regnig sida och en solig sida. Där hon bor regnar det nästan 300 dagar per år men ofta inte ihållande utan solen tittar fram lite då och då. Hon bor alldeles vid havet; fin utsikt, massor av grönska, mycket palmer, tropiska växter, mycket blommor och massor av regn. Jag skulle jättegärna vilja göra ett besök.

– Hur gick videochatten?

– Alldeles utmärkt! Vi började att prata om livsbetingelser i universum, men samtalet gled snart iväg och vi pratade om allt mellan himmel och jord. Hur länge tror du att vi höll igång samtalet?

– Eftersom du frågar så antar jag att det pågick ett bra tag. Jag gissar att det kan röra sig om flera timmar.

– Nästan fyra timmar! Det var helt galet, vi fann varann direkt. Jag visade utsikten från min hytte och hon visade mig runt i sin trädgård. Vi var båda fascinerade av vad vi såg men intressantast var ändå när vi började diskutera livsfilosofiska frågor. Sedan den dagen chattar vi nästan dagligen, men bara ungefär en halvtimme åt gången.

– Så du fann den rätte på nätet. Är ni kära i varann?

– Hur vet man det? Vi har inte pratat i de termerna, men jag tror att vi båda uppskattar varandras närvaro i den virtuella världen.

– Saknar du nu möjligheten att kontakta henne?

– Vad tror du? Självklart! Dolores och jag har nyligen skaffat utrustning som gjort att vi på distans har kunnat börja göra semivirtuella utflykter tillsammans. Det har varit jättehärliga turer.

– Vad är det för utrustning?

– Det är något som kallas för Walk-By-Me-drönare. När Dolores tar med mig på en utflykt så har hon en drönare som flyger i min ögonhöjd bredvid henne och den drönaren representerar alltså mig. Jag har då på mig en VR-hjälm och när jag rör på huvudet så vrider sig drönaren som flyger bredvid Dolores på motsvarande sätt. Jag styr alltså synriktningen för drönaren hos henne med mina huvudvridningar. Jag kan också titta uppåt och neråt. Det känns verkligen som att man är på utflykt tillsammans och att man går bredvid varandra.

– Vandrar du samtidigt här hemma med en annan drönare som "går" bredvid dig?

> – Nej, det skulle ju bli alldeles för rörigt. Det är alltid bara en av oss som vid varje promenad avgör hur och var man vandrar med en följedrönare … eller rör sig på annat sätt.

– På annat sätt?

> – Ja, jag har virtuellt vandrat bredvid Dolores längs fina stränder, ridit bredvid henne uppe i bergen och även paddlat kajak, fast jag suttit still på en stol hemma och bara rört på huvudet.

– Häftigt!

> – Att styra vart man tittar samt det perfekta ljudet ger en otrolig närvarokänsla.

– Är inte surrandet från drönaren störande?

> – Vilket surrande? Dagens drönare har ju extremt tysta rotorblad som lånat sina ljuddämpande egenskaper från hur ugglors vingar ser ut. Ugglor är ju kända för att kunna flyga nästan ljudlöst och det kan de genom att deras fransiga fjäderkanter är effektivt ljuddämpande. De senaste elmotorerna är också extremt tysta. Detta tillsammans med aktiv brusreducering i VR-hjälmarna gör att man inte alls märker av något störande drönarljud. Jag har tagit med mig Dolores ut på skogspromenader i svenska skogar och hon har hört och kommenterat den fina fågelsången.

– Oj, har drönarna blivit så tysta?

– Förutom kameror och mikrofoner har drönaren också sensorer som mäter temperatur, vind och luftfuktighet. Informationen från dessa sensorer används för att hos mottagaren styra små fläktar som låter vältempererad och fuktanpassad luft strömma över ansiktet via VR-hjälmen så att mottagaren får en fantastisk känsla av att befinna sig på sändarens plats. Ett infravärmeelement används också ibland för att ytterligare förstärka illusionen.

– Hur är det med lukter?

– De drönare och hjälmar som vi skaffat kan inte överföra lukter. Det finns sådana men dessa väger betydligt mer och är dessutom ganska så dyra så vi valde bort den funktionen. Flygtiden för drönaren blir också väldigt kort om man ska ha lukt-funktionen. Med vår utrustning så kan man virtuellt vandra tillsammans en dryg timme innan man behöver byta batteripack.

– Vad har hon mer visat dig på Hawaii?

– Oj, massor! Jag har bland annat fått följa med henne till Keck3-observatoriet på drygt 4100 meters höjd, nära toppen av Mauna Kea. Det var mycket snö där uppe den dagen. Vi har också besökt en aktiv vulkan, den har varit igång i flera årtionden. Det var häftigt att stå ganska nära en ström av rödhet flytande lava. Då fick infravärmefunktionen verkligen jobba. Det hettade i ansiktet.

– Imponerande!

– Jag har också fått följa med när Dolores och några av hennes arbetskamrater paddlat kajak utanför den udde där upptäcktsresanden James Cook en gång i tiden blev dödad av lokalbefolkningen. En grupp delfiner simmade runt oss, hoppade och lekte. Det kändes som att jag själv satt i en av kajakerna, det var jättehäftigt. Plaskandet från delfinerna hördes runt omkring mig. Ljudkvalitén och bildkvalitén var enastående och jag fick t.o.m. virtuellt vattenstänk på mig, droppar som rann över mina VR-glasögon i hjälmen. Vi gick inte iland men paddlade alldeles nära det monument som rests där man tror att James Cook dödades någon gång i slutet av 1700-talet.

– Det var 1779, han fick en dolk i ryggen enligt en bok jag läst som beskriver händelsen.

– Rashid, du är verkligen beläst och verkar också ha en fantastisk förmåga att komma ihåg detaljer.

– Det var tydligen under tumultet efter ett kulturellt missförstånd som flera personer dödades, både hawaiianer och medlemmar i James Cooks besättning. Innan detta hände hade de haft en ömsesidigt bra och fredlig relation.

– Dolores har berättat att hon och hennes kollegor ibland betraktar sig som kosmiska upptäcktsresande. De har James Cook både som inspiration och varnande exempel. Man vill vara nyfikna men samtidigt försiktiga.

– Försiktiga så att inte en utomjording kommer och hugger en i ryggen …?

> – Nej du, det är verkligen inte på det sättet. Man vill vara försiktig med hur man tolkar det man upptäcker och hur man kommunicerar det man kommit fram till.

– Vad har du visat Dolores? Har du tagit med henne på några andra virtuella utflykter förutom skogspromenader med fågelsång?

> – Hon har fått följa med på en hel del turer i både Sverige och Norge. Liksom jag är hon väldigt förtjust i Lofoten, men hon gillar också fjällvandringar. Vi har också seglat tillsammans i Stockholms skärgård.

– Jag tycker verkligen att du borde resa till Hawaii och besöka henne. Kan du inte ta flyget dit?

> – Att ta flyget är inte så lätt nuförtiden. FN tillåter endast fossilfritt flyg och det är rejält dyrt, speciellt när det gäller långdistansflygningar, men jag har tittat på alternativet båt från Köpenhamn till New York, sedan tåg tvärs över USA till Los Angeles och slutligen båtresa igen till Hawaii. En sådan resa är mycket billigare än flyg, men den skulle ta totalt cirka 3 veckor.

– Är båtresorna också fossilfria?

> – Självklart, det måste de vara enligt FN:s regelverk. Båtarna drivs av vätgas så utsläppen är bara vatten.

– Okej, det är väl bara för dig att boka en resa då.

– Rashid, tror du verkligen att vi kommer ut härifrån?

– Tänk positivt Fredrik, man ska aldrig ge upp.

– Du har rätt, ger man upp så är det förmodligen riktigt kört.

– Hur har det gått med Dolores forskning, har man hittat liv på andra planeter?

– Det gjorde man för ganska många år sedan. Bevisen är övertygande. Enklare former av liv har man nu t.o.m. hittat i vårt eget solsystem. Men man har också hittat tydliga tecken på liv på massor av exoplaneter som ligger åtskilliga ljusår bort.

– Hur kan man upptäcka liv på himlakroppar som ligger så otroligt långt borta?

– Det finns olika sätt. En metod som ofta används är spektroskopi då man analyserar ljus som passerat genom en exoplanets atmosfär. Ljus som kommer från någon avlägsen källa bortom planeten. Via den analysen kan man identifiera specifika kemiska sammansättningar som kan vara associerade med liv. Vissa molekyler som t.ex. ozon, metan och kolmonoxid kan ge ledtrådar om biologisk aktivitet.

– Har man hittat några avancerade livsformer?

– Enligt Dolores är man nu väldigt nära att kunna presentera bevis på att det har funnits högre former av liv på andra planeter.

– Hur då?

– Man har utvecklat metoder som kan visa på för-
ändringar över tid i planeters atmosfär ungefär som
när man studerar årsringarna på ett riktigt gammalt
träd här på jorden. Man ser hur klimatet ändrats
under trädets livstid genom att studera hur
årsringarnas tillväxt varierar. Hur man gör för att på
ett analogt sätt studera exoplaneters atmosfär över
tid har jag inte lyckats förstå trots att Dolores
förklarat det för mig flera gånger. Det handlade visst
om månadslånga mätningar av olika kolisotoper
samt en extrapolering av resultaten, men det är
möjligt att jag minns fel. Dolores berättade i alla fall
att man har specialstuderat atmosfären runt en viss
exoplanet som ligger 58 ljusår bort och som på
många sätt liknar vår jord. Den har ungefär samma
avstånd till sin värdstjärna som vårt avstånd till
solen, den har en jordliknande bana runt stjärnan
och gravitationen på planetens yta är ungefär som
den vi har. Man har lyckats beräkna atmosfärsdata
för en cirka 3000 år lång tidsperiod. För den
perioden har man kunnat se att enorma mängder
fossilt material förbränts och att atmosfären då
successivt fått en kraftigt ökande koldioxidhalt.
Detta har i sin tur hettat upp atmosfären på ett sätt
som omöjliggör eventuella livsformer som skulle
kunna påminna om de som finns här hos oss.

– Usch, det låter skrämmande likt vad som nu är på väg att
hända på jorden.

– Ja, och det är därför man vill vara extra försiktig med informationen om vad man upptäckt och hur den ska tolkas. Man vill ju inte i onödan orsaka panik här på vår planet. Det kan vara en avancerad livsform som ställt till det, ungefär som vi människor gjort på jorden, men det kan också finnas andra förklaringar.

– Som vadå?

– Om det på planeten har funnits något som liknar vår växtlighet, så kan ju t.ex. vulkanutbrott eller åskliknande elektriska urladdningar ha antänt fossilt material som brunnit eller legat och pyrt under hundratals eller tusentals år. Rashid, jag vill verkligen betona att det jag sa nu är bara en vild gissning baserat på saker som Dolores löst spekulerat i och nämnt för mig. Jag kan också ha misstolkat eller missförstått det hon berättat.

– Hur är det med intelligent liv, har man sett tecken på det?

– Vad menar du med intelligent liv?

– Något som påminner om mänskligt liv eller annat högtstående liv?

– Tycker du att mänskligt liv är en form av högtstående intelligent liv när man tänker på vad vi ställt till med?

– Fredrik, du fattar säkert vad jag menar.

– Man har gjort observationer som kan tyda på intelligent tänkande och extremt avancerad planering.

– Spännande. Berätta!

– En annan jordliknande exoplanet som ligger 114 ljusår bort och med en atmosfär som på många sätt liknar vår, verkade ett tag riskera att kollidera med en jättelik asteroid. Asteroiden hade en bana som enligt astronomernas beräkningar skulle träffa exoplaneten med sådan kraft att den planeten sannolikt skulle förlora sin möjlighet att fortsatt kunna hysa eventuellt liv. Astronomer över hela världen började högbevaka planeten och man räknade fram den exakta tiden för kollisionen men till allas förvåning blev det ingen.

– Hade man räknat fel?

– Nej, det visade sig att asteroidens bana hade ändrats strax innan den förväntade kollisionen.

– Hur gick det till?

– Det är nu teorierna om en högre intelligens och avancerad planering kommer in. Ett antal mindre asteroider kolliderade mot den större och ändrade dess bana på ett sätt som skulle kunna beskrivas som kosmisk biljard i världsklass. Många astronomer hävdar att det omöjligen kan ha skett på ett naturligt slumpmässigt sätt. Man anser att det måste ha varit någon form av avancerad intelligens som låg bakom och som såg till att knuffa de mindre asteroiderna på ett extremt välberäknat sätt.

– Tror även Dolores det?

– Hennes bedömning är att det är mer än 90 procents sannolikhet att en högre utomjordisk intelligens har planerat och genomfört det hela.

– Då tror hon alltså att det finns intelligent liv där ute!

– Att det kanske fanns …

– Vadå "kanske fanns"? Vad menar du? Nu hänger jag inte riktigt med.

– Om det där kosmiska dramat utspelade sig 114 ljusår bort så vet vi bara att det för 114 år sedan sannolikt fanns liv där. Om vår sol skulle slockna så upptäcker vi det först efter cirka 8 minuter eftersom det tar den tiden för solljuset att nå jorden. Det tar alltså 114 år för oss att se förändringar hos något som ligger 114 ljusår bort.

– Jaja … men om det fanns intelligent liv på den där exoplaneten för 114 år sedan så är det väl ändå stor sannolikhet att det fortfarande finns kvar. Tycker du inte själv att det är logiskt?

– Men om asteroiden inte hade knuffats in i en annan bana så kanske läget varit annorlunda. I just det här fallet kanske eventuellt liv hade utplånats.

– Det här med att det är nästan säkert att vi inte är ensamma i universum, har man officiellt gått ut med den informationen?

– Nej, än så länge är det något som i huvudsak enbart diskuteras bland en mindre grupp astronomer och Dolores sa att hon var väldigt tveksam till att berätta om upptäckten för mig. Hon tycker att man måste tänka sig för ordentligt innan den informationen publiceras.

– Varför?

– Man måste vara helt säker på att observationerna är korrekta och att slutsatserna är rimliga. Dessutom måste man fundera igenom om samhället måste förberedas på något sätt inför en så dramatisk och omvälvande nyhet.

– Hur tror du att människor kommer att reagera?

– Det är nog olika. Vissa kommer nog att vara fascinerade och nyfikna, andra kommer kanske att känna rädsla och obehag. Om det blir allmänt känt och accepterat att det finns utomjordiskt intelligent liv så tror jag att det kommer att orsaka djupgående filosofiska och religiösa konsekvenser. Religiösa grupper, åtminstone de som är bokstavstrogna till sina religiösa skrifter, reagerar kanske på ett sätt som kan ställa till med problem.

– Hur då?

– Kanske chock, förnekelse och misstro mot samhället i stort? Vad vet jag? Förhoppningsvis gör upptäckten att mänskligheten enas på ett ännu bättre sätt än nu och tillsammans kämpar ännu hårdare för att rädda världen från konsekvenserna av den globala uppvärmningen.

– Tvekade du att berätta det här för mig?

– Ja, verkligen. Om vi inte hade befunnit oss i den situation som vi är i nu, där vi inte säkert vet om vi kommer ut någon gång, så hade jag nog inte berättat det här för någon. Inte ens för dig, Rashid.

18

– Fredrik, du har tidigare berättat att det varit ett stort antal klimatrelaterade katastrofer runt om i världen med väldigt höga dödstal. Du har också berättat att FN blivit starkare och nu huvudsakligen är fokuserat på att försöka hantera världens klimatproblem. Hur har det gått? Har man kunnat vända klimatets negativa utveckling? Finns det hopp? Vad har man gjort?

> – Det korta svaret är att man gjort massor men att läget fortfarande är extremt allvarligt. Den globala medeltemperaturen fortsätter att stiga, havsnivåerna likaså, polarisarna och världens alla glaciärer minskar i storlek, den omfattande artdöden fortsätter, extremväderkatastrofer sker allt oftare och nya sjukdomar som triggats av klimatförändringar dyker upp hela tiden. Ett av de största hoten nära oss just nu är att det finns tecken på att Golfströmmen är på väg att kraftigt försvagas och kanske rentav skulle kunna kollapsa. Detta skulle då på kort tid kunna orsaka mycket stora klimatförändringar i Europa med enorma flyktingströmmar som följd. Skandinavien skulle t.ex. kunna få ungefär samma karga klimat som Alaska.

– Finns det inget positivt att säga om klimatet?

– Jodå, ökningstakten i jordens medeltemperatur minskar, kurvorna stiger inte längre lika kraftigt som de gjorde tidigare. Åtgärderna för att bromsa klimatförändringarna börjar alltså så sakta få effekt.

– Vad är det för åtgärder?

– Jag tror att jag redan berättat om några. Har jag inte det?

– Det gör inget om det blir viss upprepning av vad du tidigare sagt.

– Okej, jag ska försöka. FN jobbar parallellt på flera fronter. En viktig uppgift är ju att erbjuda akut katastrofhjälp när något allvarligt inträffat någonstans i världen och tyvärr har ju klimatförändringarna gjort att katastroferna kommer allt oftare. Här tycker jag att man har fått till en bra och mycket effektiv organisation. Mycket resurser som tidigare användes för att hantera krig och konflikter är nu inriktade på den här typen av katastrofhjälp. Det går ofta väldigt snabbt att bygga upp skadad infrastruktur, få fram förnödenheter, erbjuda nödvändig sjukvård, bygga temporära bostäder och sjukhus samt hantera flyktingströmmarna som ofta uppstår i samband med katastroferna.

– Vad bra, men det där kan väl ändå inte vara det enda som man gjort. Det där är ju vad man gör när skadan har skett. Vad gör man för att förebygga?

– En annan viktig uppgift för FN är att se till att allvarliga internationella konflikter inte uppstår, att med andra ord agera proaktivt. Världen har inte råd att slösa resurser på krig och andra typer av väpnade konflikter. Alla tillgängliga resurser måste gå till att försöka hantera klimatproblemen. Jag tror jag nämnde tidigare att när det blir någon typ av dispyt om äganderätt till eller kontroll över ett landområde så är FN:s huvudprincip att tillsvidare göra detta till ett internationellt område som står under FN:s kontroll och beskydd. Man vill så tidigt som möjligt stoppa något som annars kan eskalera till krigshandlingar.

– Ja, det där har du tidigare berättat om.

– En annan konfliktdämpande och konflikt-förhindrande uppgift för FN är att hantera historiska orättvisor och oförrätter. Länderna som historiskt haft och till stor del fortfarande har det största ekonomiska välståndet är ju också de länder som huvudsakligen orsakat den globala uppvärmningen. Det är därför självklart att den rikaste delen av världen får ta den största kostnaden för att hantera klimatförändringarnas negativa konsekvenser och ta större delen av investeringarna som måste göras för nya lösningar. Om man inte följde den principen så skulle man verkligen bädda för kommande konflikter. De AI-baserade prognosverktygen, de så kallade framtidssimulatorerna, är väldigt tydliga på den punkten.

– Det där låter också väldigt förnuftigt.

– FN tillämpar också principerna om internationellt gemensamt ägande för naturtillgångar och andra resurser som är begränsade. Dessa tillgångar betraktas alltså som internationellt ägda och står under FN:s beskydd. FN fördelar sedan resurserna på ett så rättvist sätt som möjligt.

– Det låter komplicerat, sker detta utan att vissa länder anser sig vara missgynnade eller att tidigare resursägare tycker att de berövats på sina tillgångar?

– Det har fungerat förvånansvärt problemfritt. Jag kan försöka att förklara hur resursdelning fungerar med ett exempel. Ska jag det?

– Ja, gärna.

– Vätgas har ju blivit det viktigaste drivmedlet för nästan alla typer av transporter, bl.a. flyg-, båt- och biltrafik. Det är ju så tacksamt att utsläppen från vätgasdrift består av enbart vatten.

– Okej, men var kommer all vätgas ifrån?

– Det var det jag tänkte komma till. Stora mängder el används för att tillverka vätgas. Tidigare användes ofta fossila bränslen som kol, olja och gas för att generera elen men alla dessa bränslen har FN förbjudit eftersom dessa bidrog kraftigt till den globala uppvärmningen. Elen kommer idag från bl.a. solpaneler, vindkraftverk, vattenkraft från floder och tidvattenströmmar samt också från kärnkraft.

– Från kärnkraft? Är inte det problematiskt?

– Både ja och nej. En stor andel av elen som används för att tillverka vätgas kommer från ett antal mycket stora kärnkraftverk som finns geografiskt spridda runt om i världen. Alla dessa anläggningar är nuförtiden internationell egendom, ägda av oss alla via FN. Områdena där anläggningarna ligger klassas som internationellt territorium. Eftersom uranbränslet till anläggningarna är en begränsad tillgång och dessutom kräver en hantering som är förknippad med vissa risker, så är även ställena där bränslet bryts internationellt territorium. FN driver alla dessa anläggningar, bevakar och beskyddar alla områden samt fördelar vätgasen på ett sätt som tar hänsyn till olika länders behov, bl.a. baserat på folkmängd och de energibehov som är kopplade till ländernas geografiska lägen.

– Hur transporteras vätgasen till slutanvändarna?

– De flesta kärnkraftverken är stora flytande anläggningar som ligger ute till havs och därifrån transporteras vätgasen med stora tankfartyg till olika användare.

– Och dessa tankfartyg drivs förmodligen av vätgas.

– Så är det förstås. Hamnarna vid dessa flytande kärnkraftsanläggningar fungerar också som tankställen för övrig sjöfart.

– Hur är det med avfallet från kärnkraftsanläggningarna?

– Bra fråga, jag var precis på väg att berätta om detta. Jodå, hanteringen av avfallet sker också under FN:s kontroll. Både bränslet och avfallet skulle ju i princip kunna användas av ondsinta makter för att skapa kärnvapen så det är enormt viktigt att hela livscykeln hanteras på ett ansvarsfullt sätt.

– Finns det inte redan ett enormt antal kärnvapen runt om i världen? Utgör inte detta ett stort hot?

– Det fanns väldigt många men alla är faktiskt avvecklade. Den nedrustningen betraktas som en av FN:s absolut viktigaste framgångar.

– Hur kunde man lyckas med detta?

– Vi, det vill säga världen, har faktiskt varit enormt nära ett förödande tredje världskrig vid ett par tillfällen. Analyser av dessa tillfällen visade att både taktiska och strategiska kärnvapen var ytterst nära att användas. Effektsimuleringar visade att mer än hälften av världens befolkning sannolikt skulle ha dött direkt eller indirekt inom några månader om man inte hade lyckats avvärja det hela. När dessa analyser blev offentliga och allmänt accepterade som trovärdiga, var det inte svårt för FN att driva på nedrustningen. Även om det fanns ledare för enstaka länder som ville behålla en del kärnvapen "för terrorbalansens skull" så var det folkliga trycket så enormt överallt i världen att det blev omöjligt att behålla denna typ av vapen.

– Hur har det gått med alla mindre kärnkraftsanläggningar runt om i världen?

– Nästan alla har avvecklats. Några större anläggningar har införlivats i det internationellt ägda och av FN kontrollerade systemet. Av säkerhetsskäl och kontrollskäl vill inte FN att det ska finnas en massa mindre anläggningar som ägs av enskilda länder eller företag.

– Hur är det med allt annat som bidragit till problemen med den globala uppvärmningen? Vad har gjorts där? Har vi kvar några regnskogar?

– När det gäller skogsskövling och avskogning så har man lyckats ganska bra med att stoppa dessa, men som med allt annat så borde insatserna gjorts tidigare och varit större. Eftersom regnskogsområdena är av enorm betydelse för hela jorden, så har stora delar av dessa nu blivit fridlysta av FN, bl.a. större delen av det som är kvar av Amazonas. Regnskogarna fungerar ju som "jordens lungor" och dessutom är de viktiga för den biologiska mångfalden. Lokalbefolkningen i och nära fridlysta regnskogsområden får nu ekonomisk ersättning via FN för att inte röra skogarna. Många har också börjat att jobba med återplantering av växtlighet som är extra bra på att fånga in koldioxid.

– Hur är det med effekterna från matproduktion? Orsaker inte det en massa skadliga utsläpp?

– Jo, historiskt har det varit så att matproduktion på olika sätt resulterat i stora utsläpp av växthusgaser.

– Hur då?

    – Bland annat på grund av avskogning för att skapa jordbruksmark och betesmark, användandet av konstgödsel, fossila bränslen till jordbruksmaskiner och fiskebåtar samt att kreatur släpper ut metan när de fiser och rapar.

– Hur kan du veta så mycket om det där?

    – Som journalist gjorde jag ett reportage om dessa problem för en massa år sedan.

– Är inte matproduktion fortfarande en stor utsläppare av växthusgaser?

    – Nej, det är ganska så annorlunda idag. Nu orsakar det inte alls lika stora utsläpp. Maskiner och transporter drivs av el eller vätgas. Nya grödor har tagits fram som ger bättre skördar, som klarar det varmare klimatet och som inte behöver konstgödsel. Gensaxtekniken har revolutionerat all matproduktion. AI-baserat beslutsstöd samt olika typer av robotar har också gjort att allt sköts mycket effektivare än förr.

– Men kreaturen fortsätter väl att rapa och fisa?

    – Till och med detta problem har nästan försvunnit. Via gensaxteknik har man tagit fram foder och djurbesättningar som inte släpper ut nämnvärda mängder av växthusgaser.

– Är både fodret och djuren genmodifierade?

– Ja.

– Är inte detta riskfyllt och etiskt kontroversiellt?

– I början var det så, men inte längre. Mänskligheten har ju sysslat med växtförädling och avelsarbete i årtusenden. Att ta fram nya växter och nya varianter av djur är ju inget nytt. Med modern gensaxteknik och AI-stöd gör man i princip samma sak men med större precision och extremt mycket snabbare.

– Kan det inte gå fel? Är det inte riskfyllt?

– Jodå, men eftersom mänskligheten ställt till det ordentligt och har skapat den globala uppvärmningen som allvarligt hotar vår existens, så måste vi tyvärr acceptera dessa risker för att ha en chans att reparera skadorna. Ett av de mest spännande och hoppingivande gensaxprojekten som pågår just nu är att försöka ta fram ett träd som är extremt bra på att fånga upp koldioxid ur atmosfären. Forskarna som jobbar med detta tror att man kommer att lyckas inom bara några få år.

– Jag läste en läskig bok en gång där en ondsint makt via genmanipulation tog fram soldater som var superstarka, som saknade förmåga att känna smärta och som dessutom saknade känslor. Tanken var att dessa soldater skulle kunna användas för att forma en oövervinnerlig armé. Kan inte gensaxtekniken skapa den här typen av risker?

– Risken finns, men all gensaxverksamhet sker under kontroll av olika FN-organ och måste följa de etiska regler som FN tagit fram.

– Litar man inte för mycket på FN? Litar inte du själv lite för mycket på den organisationen?

– Vad är alternativet? FN styrs demokratiskt av världens länder som nuförtiden alla är demokratiska. All verksamhet inom FN är dessutom fullständigt transparent, det ska inte finnas några hemligheter eller hemliga grupperingar inom FN.

– Litar du verkligen på det där?

– Ja, till 99 procent och eftersom allt granskas och ifrågasätts hela tiden inom det demokratiska systemet så tror jag att eventuella oegentligheter snart kommer fram och åtgärdas.

– Har man hittat några oegentligheter under de senaste åren? Du sa att du litar på organisationen till 99 procent … men alltså inte fullständigt, inte till 100 procent.

– Javisst, inget är perfekt, men hittills tycker jag att FN fungerat utmärkt. Dessutom tror jag inte att det kan finnas något bättre alternativ. Tror du?

– Jag har inte hunnit tänka igenom frågan. Ett supersmart och supersnällt AI-system som är överlägset människan i sin tankeförmåga, skulle det kunna vara ett alternativ? Kanske ett sådant system borde ha den yttersta makten?

– Nej, nej! Du har nog läst lite för mycket science fiction?

– Det finns ett område som genererar en massa utsläpp men som du inte har pratat om än.

– Vilket då?

– Byggnader, det åtgår ju en massa energi för att värma upp eller kyla ner byggnader. Genererar inte detta en massa utsläpp av växthusgaser?

– Så var det förr, men eftersom användning av kol, olja och gas är förbjudet och har ersatts av andra bränslen så har problemen nästan helt försvunnit. Den el som används produceras på ett sätt som inte skadar klimatet, det har vi ju pratat om tidigare, eller hur?

– Ja, ja … det stämmer.

– Man har också gjort stora förbättringar vad gäller stadsplanering?

– Hur då?

– Principen med den så kallade "15-minuters-staden" har fått stort genomslag. Städer, stadsdelar och samhällen organiseras på så sätt att nästan allt man behöver finns inom 15 minuters promenad- eller cykelavstånd. Jobb, skolor, affärer, sjukvård, all form av service ska man lätt och miljövänligt via muskelkraft kunna nå inom 15 minuter.

– Trevligt.

– Man har också tänkt till när det gäller geografisk placering av nya städer och försöker i möjligaste mån placera dessa i "naturligt luftkonditionerade" områden, inte där det ibland är extremt varmt eller extremt kallt. På grund av stigande havsnivåer har ju miljontals människor tvingats flytta till nya platser och då har man passat på att placera dessa nya samhällen i områden som inte är så energikrävande. Ibland när man tvingats överge kustnära områden så har man löst problemet genom att skapa flytande städer i form av konstgjorda öar.

– Aha, då kan man kanske bo kvar nära där man tidigare bodde.

– Ibland, ja. Det finns också några exempel där man sakta förflyttar dessa konstgjorda öar enligt hur årstiderna växlar så att man året runt har ett ganska så bra klimat. Visserligen går det åt energi för att förflytta dessa städer men man spar in en massa energi på ett minskat behov av uppvärmning och kylning. De stadsnära odlingarna får också bättre förutsättningar.

– Sara berättade om några pensionerade släktingar till henne som bodde i Sverige under sommarhalvåret och i Spanien under vinterhalvåret för att alltid bo i ett behagligt klimat. Det där låter som något liknande.

– Ja, men nutidens "ö-nomader" tar med sig sina fasta boenden, sina jobb, sina skolor och sin service.

– Det där låter ju både smart och behagligt.

19

– Fredrik, det är en sak jag skulle vilja prata med dig om.

– Vadå? Det låter allvarligt.

– Det är en skitsak ... men kanske en allvarlig skitsak?

– Jag tror att jag vet vad du nu tänker säga ... du är dålig i magen.

– Hur visste du?

– När man lever så nära inpå varandra som vi gör nu, så går det inte att dölja en dålig mage.

– Förlåt.

– Du behöver inte be om förlåtelse. Min mage är också i olag. Du kanske har märkt att toarullarna snart är slut?

– Är det hundmaten? Vår ensidiga kost kanske inte är så bra.

– Jag tror mer på att vattnet är orsaken. Jag tycker att smaken blivit sämre och att det dessutom börjat lukta lite konstigt.

– Jag har också märkt att vattnet smakat annorlunda men jag trodde att det bara var inbillning från min sida.

– Fortsätter det såhär med allt sämre vatten så bör vi nog försöka ta oss ut härifrån. Utan tillgång till vatten eller annan vätska så dör man väl inom bara några få dagar, eller hur?

– Det känns som att vår situation nu plötsligt blev extra allvarlig. Vattnet är ju jätteviktigt.

– Ja, när jag tidigare berättade om hur FN hanterar konflikter kring begränsade resurser så borde jag kanske ha använt vatten som exempel. Vattenbristen i världen har varit och är fortfarande den vanligaste orsaken till konflikter och katastrofer. FN har fått agera på massor av vattenrelaterade konflikter runt om i världen.

– Hur då?

– Ett antal viktiga sötvattenkällor, både ovan jord och under jord, har nu blivit internationella områden där det livsviktiga vattnet fördelas rättvist utifrån olika länders behov.

– Är det ett antal insjöar som blivit internationella?

– Det rör sig om både sjöar och flodområden samt även stora och viktiga grundvattenmagasin. Ett enskilt land kan inte längre lägga beslag på något av dessa så viktiga sötvattenresurser för egna egoistiska syften.

– Har det tidigare varit ett problem? Har vissa stater snott åt sig alltför mycket?

– Så har det varit! Många floder rinner genom flera länder och det finns ett antal historiska exempel på att enskilda länder tagit en orimligt stor andel av vattnet för att bevattna sina egna områden. I vissa fall har man även lett om floderna och låtit vattnet ta nya vägar för att behålla så mycket som möjligt inom det egna landet. Länder som ligger nedströms har då fått enorma problem med vatten-försörjningen.

– Så egoistiskt.

– När det gäller stora grundvattenmagasin djupt nere i marken, så kallade akviferer, så kan dessa ibland sträcka sig över landsgränser och alltså ligga i två eller flera länder. Det är i dessa fall orimligt att ett land lägger beslag på det mesta av vattnet så att andra länder får problem. Även sådana konflikt-områden eller potentiella konfliktområden har på vissa ställen nu blivit internationella och FN ser till att dessa begränsade resurser fördelas rättvist. Vi måste som vanligt också tänka på kommande generationers behov.

– Har man inte kommit på bra sätt att avsalta havsvatten?

– Jodå, men det krävs enorma mängder energi för att göra detta. Ett antal stora viktiga avsaltnings-anläggningar som används för att skapa sötvatten ligger nu också under FN:s kontroll. De stora flytande kärnkraftsanläggningarna, som jag tidigare berättade om, producerar ofta både vätgas och dricksvatten.

– Men hur ska du och jag göra nu här nere med vår egen besvärliga vattensituation? Har den nu blivit så akut att det är dags att vi försöker ta oss ut?

– Jag vet inte. Kanske vi borde bunkra upp lite vatten utifall försämringen fortsätter?

– Har vi några behållare för det?

– Tror du tanken i det rum som kan ha varit matförråd skulle kunna funka?

– Kanske, men hur sjutton får vi in vattnet i tanken och är den tillräckligt ren inuti?

– Nu vet jag! Bajstunnorna!

– Tunnorna på toan? Reservtoaletterna?

– Ja, jag har tidigare undersökt dessa tunnor, de är staplade tre och tre. Jag tror att det finns åtta uppsättningar med tre i varje. Vi har alltså 24 tunnor som vardera bör rymma cirka 20-30 liter.

– Det blir många liter …

– Ja, och det fanns också ett antal plastlock till tunnorna.

– Hoppas ingen tunna är begagnad.

– Det tror jag inte. De jag kollade luktade bara lite plast.

– Hur får vi vattnet ner i tunnorna? Att ösa en mugg i taget kommer att ta en evinnerlig tid.

– Jag vet … dammsugarslangen! Om vi ställer tunnorna i köket så kan vi leda vattnet från kranen ner i en tunna i taget med hjälp av dammsugarslangen.

– Smart!

– Det kan finnas en möjlig nackdel med det här …

– Vadå?

– Om vi under en kort tid tar en massa vatten så kanske detta gör att kvaliteten på vattnet försämras mycket snabbare. Tänk om det finns någon slags rening eller filtrering som bara fungerar bra vid en måttlig förbrukning och inte klarar ett större uttag under en kortare tid. Vi vill ju inte påskynda vattnets försämring.

– Oj då, så kan det ju vara. Vi kanske bör ta oss en rejäl funderare innan vi sätter igång.

– Jag undrar hur ren eller smutsig en dammsugarslang är på insidan.

– Det är mycket att tänka på.

– Det låter som att det är dags för tankepaus. Jag tycker att vi lägger oss en stund och funderar på för- och nackdelarna innan vi fattar några beslut.

– Bra idé, men först behöver jag gå på toa, är det okej?

– Jodå, men sitt inte där för länge, jag behöver också snart gå dit.

20

– Tyst Fredrik!

    – Vad är det med dig? Vad menar du? Jag har inte sagt något.

– Märkte du inte?

    – Vadå?

– Ventilationen har tystnat. Det där svaga surrandet är borta. Jag känner inte heller någon luftström komma ut ur ventilen här ovanför dörren.

    – Ska vi dö nu? Tror du att det här är slutet?

– Vet inte, men det känns väldigt oroande.

    – Jag tycker att det känns som om luften redan blivit lite sämre.

– Redan? Så snabbt? Det kan vara en psykologisk effekt som gör att du tycker så. Tystnaden kanske lurar dina sinnen.

    – Rashid, tänk om den här tystnaden nu ger oss en chans att få kontakt med någon där uppe, om det nu finns någon levande själ där.

– Vad menar du? Ska vi skrika *"hjälp, hör ni oss"*?

– Nej, nej, det skulle nog inte funka … men om ventilationsrören på något sätt leder till världen utanför så kanske vi kan knacka på rören så att det hörs dit upp. SOS-signalen, den är väl *tre korta, tre långa, tre korta?*

– Okej, knacka du om du tror att det är någon idé.

– Jag vill prova! Jag testar att slå på röret nu med den här burken; *tre korta, tre långa, tre korta?* Hörde du, hörde du? Vi fick svar direkt! Någon svarade oss med samma signal!

– Testa med ett annat meddelande.

– Varför då? Hur då? Jag kan inte morsekod.

– Skit samma, hitta på något!

– Okej, men jag fattar inte varför. Sådär! Undrar om det jag nu skickat iväg betyder något?

– Lyssna!

– Men det här är ju inte riktigt klokt! Man svarade igen med exakt samma signal som jag knackade!

– Märkte du inte den snabba responsen? Fattar du inte?

– Vadå?

– Det blir någon slags ekoeffekt i ventilationssystemet. Det är ju din egen signal, ditt meddelande, som studsar tillbaka med lite tidsfördröjning.

– Suck! Att det kunde vara så tänkte jag inte på. Rashid, nu släckte du det hoppet. Fast det där borde jag själv kunna ha insett. Hur kunde jag vara så dum?

– Det är typiskt mänskligt. Din starka önskan att få det svar du så gärna ville ha, gjorde dig mindre öppen för alternativa förklaringar.

– Skit också!

– Du Fredrik, nu tycker även jag att luften blivit lite sämre. Den börjar kännas ganska så unken.

– Men vi har ju ventilationspumpen, den där med vev. Ska jag sätta igång och veva för att försöka få ner lite friskluft?

– Ja! Gör det, gör det nu på en gång! Skynda dig, sedan får vi nog turas om att veva.

– Jag sätter igång.

– Säg till när du vill bli avlöst.

– Nu vevar jag för fullt men det blåser bara luft, unken luft, rakt i mitt ansikte. Ska det vara så?

– Det tror jag inte. Jag kommer.

– Är det något fel?

– Herregud! Dåliga nyheter, riktigt dåliga nyheter. Känn här, pumpen är inte alls ansluten till ventilationsröret, den hänger fritt bredvid. Att vi inte märkte det förut.

– Är det nu vi bör försöka ta oss ut härifrån?

— Ja, det är nog dags, luften blir allt sämre.

— Vilken av de två dörrarna tycker du att vi ska försöka ta oss ut genom? Den med långa handtag eller den med rattar?

— Men vänta! Hör du? Det är ett konstigt ljud … var kommer det ifrån?

— Nu hör jag ljudet. Det är här borta bakom dörren med rattarna. Kom hit! Lägg örat mot dörren. Lyssna.

— Det låter som någon slags maskin … det där mullrande och svagt vinande ljudet.

— Nu har ljudet blivit lite starkare och kommit närmare. Ska vi banka på dörren för att ge oss tillkänna? Ska vi öppna dörren? Ska vi skrika något?

— Vad tycker du?

— Jag vet inte.

— Hör du? Nu blev ljudet lite svagare … man kanske redan är på väg bort.

— Tror du?

— Nu är det ännu svagare! Man är på väg bort härifrån! Nu måste vi ge oss tillkänna!

— Du har rätt. Jag håller med och luften börjar ju dessutom bli riktigt dålig. Hallå, hallå!

— Fredrik, hjälp till att banka på dörren. Hallå! Hör ni oss?

– Nu måste vi öppna! Jag vrider på den övre ratten så kan du ta den nedre.

– Jag orkar inte vrida, den sitter fast, den går inte att rubba.

– Maka på dig och låt mig försöka. Åhej! Det var då själva fan också. Rör på dig rattjävel!

– Vrider du åt rätt håll?

– Det borde ju vara åt samma håll som för den övre ratten men jag har provat åt båda hållen. Hjälp till nu, vi tar i båda två.

– Den rör sig ju inte en millimeter.

– Det vore bra med en hävstång som vi kunde stoppa in mellan ekrarna. Kan du hämta en stol? Stolsbenet borde kunna funka som hävstång. Skynda dig, luften blir bara sämre och sämre.

– Här Fredrik, här är stolen.

– Jäklar vad den sitter fast, stolsbenet böjer sig men ratten rör sig ändå inte.

– Ta det här, jag lyckades bryta loss ett ben från bordsskivan. Det borde hålla, det är ju ett kraftigt ben tillverkat av metall.

– Bra Rashid! Nu borde väl ändå ratten ge med sig. Hjälp till, ta tag här nedanför mina händer så trycker vi till båda två.

– Okej!

– Nu! Nu! Nu!

– Det går inte!

    – Flytta på dig, jag ska stampa på röret.

– Okej!

    –Fan också! Ratten sitter som berg.

– Vad gör vi nu? Varför blir luften så snabbt sämre? Jag tycker det börjar bli riktigt svårt att andas. Vi måste ut!

    – Ska vi försöka med den andra dörren?

– Vänta, hör du? Ljudet kommer närmare igen. Jag tror att man kan ha hört oss.

    – Banka på dörren! Var är burken?

– Här, ta den. Slå hårt mot dörren. Banka, banka! Hallå, hallå!

    – Nu tror jag att man är riktigt nära … det låter som att man är alldeles här utanför … på andra sidan dörren. Hallå!

– Varför svarar ni inte? Hör de oss inte eller vill man inte svara?

    – Jag vet inte.

– Nu låter det annorlunda! Hör du, hör du? Det låter som att man försöker skära eller borra genom dörren. Oj, vad det vibrerar. Stå inte för nära!

    – Rashid, det här är kanske slutet för oss.

– Det kan också vara början på ett nytt kapitel i våra liv.

– Jag tycker att det känns otäckt. Jag är rädd! Jag är jätterädd! Jag är skiträdd!

– Det är jag med, men vi vet ju inte, det kan också vara vår räddning som har kommit, eller hur?

– Hur det än går så var det i alla fall en ynnest, en förmån att få lära känna dig, Rashid. Du är verkligen en fantastisk människa.

– Du med, Fredrik. Får jag krama dig?

– Självklart!

– Hör du? Nu är man snart igenom!

– Ja, det verkar vara nära nu. Jag är rädd!

– Varför svarade man inte när vi ropade och bankade?

– Jag vet inte. Den eller det som finns på den andra sidan kanske inte ville eller kunde svara och kanske inte ens har förmågan att kunna göra det.

– Den eller det? Vem kan det vara? Vad kan det vara?

– Ja du, vad som finns på andra sidan kanske vi snart får reda på.

– Är det här slutet?

21

– Rashid, hur är det? Är du vaken?

– Jag vet inte. Kroppen känns som bortdomnad. Jag orkar knappt lyfta ett finger. Drömmer jag eller är jag vaken?

– Varför tror du att du kan vara i en dröm?

– Jag ligger i en säng med lakan. Här finns ingen bubbelplast. Var är jag? Jag är inte kvar i bergrummet, eller hur, Fredrik? Ljudet, rummets akustik är också annorlunda.

– Du ligger nu i en säng på Östersunds sjukhus och här har man medvetet hållit dig nedsövd i drygt tre veckor för att din kropp skall kunna ha en chans att återhämta sig. Det är därför du känner dig så trött och orkeslös. Det är också därför som du har en massa sladdar och slangar kopplade till din kropp.

– Tre veckor! För att återhämta mig från vadå?

– Din kropp blev svårt skadad när dörren sprängdes och du har genomgått ett flertal operationer. Du stod alldeles för nära, men läkarna säger att du kommer att bli helt återställd från de skador som explosionen orsakade.

– Varför sa man inte till oss att inte stå så nära dörren? Du och jag skrek ju och bankade så man borde ha hört oss. Förstod man inte att vi var där på andra sidan?

– Den helt autonoma robot som forcerade dörren med hjälp av skärverktyg och sprängämnen hade inte förmågan att lyssna. Den funktionen saknades. Roboten hade bara blivit instruerad att ta sig igenom dörren.

– Hur gick det för dig då Fredrik, blev du också skadad?

– Nej, jag klarade mig av en slump. Jag var ju så fruktansvärt dålig i magen så jag hade precis rusat till toaletten strax innan det smällde. Det var nervöst att springa tillbaks efter att jag hört explosionen och upptäcka med mina händer att du låg helt tyst och svårt skadad bland allt bråte. Som tur var kom det ganska snart fram flera personer som kunde ge dig första hjälpen och de hade lampor med sig så de kunde se vad de gjorde. Dessa personer såg också till att du snabbt kom iväg till sjukhus.

– Visste man inte om att vi befann oss där nere i berg-rummet? Varför dröjde man med att försöka få ut oss därifrån?

– Jodå, man visste att vi var där men man var över-tygad om att vi var döda, att vi hade avlidit ganska så direkt efter att vi kommit ner. Det fanns tydligen rörelsesensorer där nere samt även sensorer som mätte bland annat syrehalt och koldioxidhalt i luften och dessa hade inte visat några som helst tecken på att någon av oss skulle vara vid liv.

– Man trodde alltså att det var kört för oss.

– Ja! Andra sensorer hade visat att miljön på olika sätt var direkt dödlig. Det var därför man dröjde. Dock hade man missat att alla dessa sensorer var placerade inne i det gamla vapenlabbet, innanför den igenmurade dörren. Där inne hade man placerat sensorerna för att övervaka den extremt farliga miljön. I det gamla vapenlabbet fanns det tydligen också elektricitet som kunde driva sensorerna.

– Så det fanns alltså fungerande el nära oss där nere, bakom en igenmurad dörr.

– Sara har berättat att hon var förtvivlad när man sagt till henne att vi omöjligen kunde vara vid liv. Hon trodde att hon av misstag hade skickat oss in i döden när hon tvingade in oss i hissen.

– Så Sara lever! Härligt! Vad var orsaken till ljusskenet?

– Det var tydligen en gammal kinesisk forsknings-satellit som störtade och brann upp när den kom in i jordens atmosfär.

– Då hade det alltså förmodligen varit säkert för oss att stanna kvar där uppe?

– Ja, det hade det varit, men det visste ju inte Sara då hon knuffade in oss i hissen.

– Du säger att min kropp blev svårt skadad av explosionen, men jag har ju inte ont någonstans.

– Här på sjukhuset är personalen extremt duktiga på smärtlindring.

– Hur länge blir jag kvar? Kommer man att snart skicka mig tillbaks till anstalten?

> – Nej då, du kommer inte att återföras. Jag har redan med hjälp av en advokat lyckats få en jourdomstol att besluta att du snarast skall släppas på fri fot. Man kommer också att ordna med ett eget boende och se till att du får all hjälp du behöver för att återanpassas till samhället. Om du vill kan du också få bo hos mig ett tag.

– Tack Fredrik, du är fantastiskt snäll, men hur länge tror du att jag kommer att behöva vara kvar här på sjukhuset?

> – Jag vet inte? Det kommer nog att ta ett antal veckor tills du återfått krafterna. Tyvärr blev tydligen också båda dina njurar svårt skadade vid sprängningen så nu får du daglig dialys.

– Då kanske jag ändå inte kan bli helt återställd?

> – Jodå, man säger att du antingen kommer att få en konstgjord njure eller en transplanterad.

– Tror du verkligen att det finns någon som vill donera en njure till mig?

> – Absolut, jag vet att det finns en sådan person och det är inte vem som helst.

– Vad menar du med det?

> – Via det internationella donationsregistret och med hjälp av ditt DNA så har man här på sjukhuset redan hittat en kvinna i Norge som skulle kunna vara en perfekt donator. Hon är i 30-årsåldern.

– En perfekt donator i Norge, hur kommer det sig?

– Rashid, försök att ta det lugnt nu. Det jag kommer att säga kommer du nog att uppfatta som både chockerande och fantastiskt.

– Berätta!

– Den möjliga donatorn kommer ursprungligen från Afghanistan och hon kom till Norge när hon var 6 år gammal. Det var ett läkarteam på en norsk hjälporganisation som hade räddat livet på henne efter att någon kommit in med flickan till deras fältsjukhus. Man hade hittat henne i en djup ravin och hon var då mycket svårt skadad på grund av någon form av yttre våld och dessutom var hon extremt uttorkad. Efter att hon getts akut vård så hade hon fått följa med i ett ambulansflyg till Norge där hon genomgick flera lyckade operationer. Efter att hon blivit färdigbehandlad blev hon adopterad av en norsk familj då hon ju betraktades som föräldralös.

– Varför tror man att hon är en perfekt donator för mig? Är det bara för att hon kommer från Afghanistan?

– Det är faktiskt mycket mer perfekt än så, DNA visar att ni är släkt. Ni är till och med nära släkt, donatorn är din lillasyster. Det är Samira!

– Det kan inte vara sant! Herregud! Är det verkligen Samira? Är det verkligen hon? Lever hon?

– Ja, DNA-analysen visar hundraprocentigt att ni är syskon.

– Jag tror jag svimmar. Vilken lycka, vilken glädje. Är det verkligen sant?

– Ja, det är sant och jag har faktiskt redan varit i kontakt med henne. Hon är nu också helt övertygad om att ni är syskon och hon vill absolut hjälpa dig med en njure. Självklart vill hon också träffa dig.

– Jag vet inte om jag klarar av det här. Vilken lycka!

– Det kommer mera. Samira som numera också heter Stine är gift med en man som heter Reidar och tillsammans har de två barn, en flicka och en pojke, Nora som är fyra år och Henrik som är två.

– Så då är jag också plötsligt morbror. Vad härligt!

– Du kanske ska fixa den där operationen så att du kan få tillbaks synen, barnen är jättesöta.

– Vadå, har du sett barnen?

– Ja, din syster skickade mig en bild.

– Jag är så lycklig. Tack Fredrik. När kan jag få träffa Samira och hennes familj?

– Du får nog vänta några veckor tills du blivit lite starkare.

– Fredrik, har du haft någon kontakt med Dolores?

– Självklart! Så fort jag kom ut från bergrummet så kontaktade jag henne. Hon hade varit orolig över att jag inte hört av mig på flera dagar och hon var rädd att jag inte ville fortsätta att hålla kontakten.

– Men det vill du förstås.

– Ja, och nu har jag också bokat en flygresa till Hawaii. Jag kommer att åka dit redan i början på nästa vecka.

– Trots att det är så dyrt att flyga?

– Ja, det är dyrt, det är jättedyrt, men flyget måste ju vara fossilfritt.

– Vad fick dig att äntligen boka den där resan?

– Det finns två skäl. Dels kände jag att jag bara måste få träffa Dolores så snart som möjligt och dessutom vill hon att jag skall vara hos henne senast i slutet på nästa vecka.

– Varför just då?

– Hennes team kommer att hålla en presskonferens där man kommer att presentera en revolutionerande astronomisk upptäckt. Dolores vill jättegärna att jag är på plats då.

– Jag tror jag vet vad det kommer att handla om.

– Rashid, du får absolut inte berätta för någon annan det jag berättade för dig.

– Jag lovar!

– Tack Rashid, jag vet att jag kan lita på dig.

– Tack själv Fredrik, du har gett mig hopp om en bättre morgondag.